自學法語

實況溝通 80 篇

前言 Foreword

語言是交流的最基本工具，越來越受到人們的重視。無論是異國旅遊，還是職場交際，多掌握一門外語，無疑會帶來更多的便利。現在世界上有超過 1 億人口將法語作為母語，還有接近 2 億人口將法語作為第二語言。令讀者在短時間內學會法語，並且學以致用，是本書的主要目的。

本書分為 10 個單元，約 85 個場景，儘可能包含了工作和生活中可能遇到的會話情景，從最基本的問候寒暄、自我介紹到情感和想法的表達、旅行，以及工作中的同事交流、接待商業客戶等。讀者可以在書中迅速找到需要的場景會話，並能夠即學即用。

另外，為方便讀者學習，在每個章節的最後一頁，列舉了語法要點，在內文中，強調語法的例句用劃線部分表示。

本書的 MP3 錄音由法籍教師朗讀，語音文件根據頁碼命名，譬如第 15 頁的語音文件，在光碟中文件名稱為 015。圖標説明參照下面表格。

希望此書能帶給讀者生活和工作的方便。

使用說明	
同 同義示例	衍生對話
反 反義示例	承 承接上文的對話
類 類似示例	語文知識

目錄 Contents

Chapter 4 親密交談

Chapter 5 新聞話題

Chapter 6 工作交談

Chapter 7 表達意見

目錄 Contents

Chapter 1

問候和告別

問安

010.mp3

先生，你好！	**Bonjour, Monsieur!** 問候時一般要加上稱呼，譬如先生、夫人、小姐等，表示尊重。
大家好！	**Bonjour, tout le monde!** 同 Bonjour à tous!
各位女士、先生，大家好！	**Bonjour, messieurs dames!** 同 Bonjour mesdames et messieurs.
傑克，你好！	**Bonjour, Jacques!** 朋友之間可以在問候語的後面加上名字，如： Bonjour, Paul! 保爾，你好！
你好，娜塔利！	**Salut, Nathalie!** salut 常用於很熟悉的朋友之間。
夫人，晚上好！	**Bonsoir, Madame!** 類 Bonne nuit, Mademoiselle! 小姐，晚安！
晚上好，皮埃爾！ 你好嗎？	**Bonsoir, Pierre!** **Comment vas-tu?** 承 Je vais bien, merci, et toi? 我很好，謝謝，你呢？ Moi aussi, merci. 我也很好，謝謝。
你好，米歇爾。你好嗎？	**Salut, Michel. Ça va?** 承 Oui, ça va bien, merci. Et toi? 很好，謝謝。你呢？ Pas mal, merci. 不錯，謝謝。

011.mp3

您好，夫人。您最近好嗎？	Bonjour Madame, comment allez-vous? 這句話在發音的時候，comment 和 allez 需要連誦。請注意聽錄音。
嗨，老兄，你好嗎？	Tiens, mon vieux, ça va bien? 承 Comme ci, comme ça. 馬馬虎虎。
和以前一樣，一切都好。	Tout va bien, comme d'habitude.
還算可以。	Tant bien que mal. 同 Ça peut aller.
不太好。	Ça ne va pas très bien. 類 Ça ne va pas du tout. 一點都不好。
越來越糟糕。	Ça va de mal en pis.
在這兒見到你很高興，你好嗎？	Je suis content de te rencontrer ici, ça va bien?
您昨晚睡得好嗎？	Avez-vous bien dormi hier soir? 承 Non, j'ai passé une nuit blanche. 我一點兒都沒睡好。
假期過得好嗎？	Avez-vous passé de bonnes vacances? 承 Oui, c'était magnifique. 相當棒。
工作順利嗎？	Comment va ton travail? 同 Le boulot, ça marche?
最近生意怎麼樣？	Comment vont les affaires? 這句話中的 les 和 affaires 需要連誦。請注意聽錄音。

關鍵字

你好	bonjour	大家	tout le monde
晚上	soir	我是	Je suis
怎樣	comment	什麼	que

初遇

012.mp3

歡迎您。	**Soyez le bienvenu.** 類 Soyez la bienvenue. 歡迎您（女士）。 類 Soyez les bienvenus. 歡迎你們。
夫人，您貴姓？	**Comment vous appelez-vous, Madame?**
請問您的名字。	**Votre nom, s'il vous plaît!** 承 Mon nom est Pierre Cardin. 我叫皮埃爾・卡丹。
您怎麼稱呼？	**Quel est votre nom?** 類 Comment tu t'appelles? 您怎麼稱呼？
先生，您是……？	**Vous êtes Monsieur…?** 類 Vous êtes Madame…? 夫人，您是……？ 類 Vous êtes Mademoiselle…? 小姐，您是……？
你好！我叫麗麗。	**Bonjour, je m'appelle Lili.**
很高興認識您。	**Je suis heureux(se) de vous connaître.** 同 Je suis très content(e) de faire votre connaissance. 在法語中形容詞要性數變化，加上括弧內的字母後，表示該詞為陰性。這句話中的 suis 和 heureux 需要連誦。請注意聽錄音。
認識您感到很榮幸。	**Enchanté de faire votre connaissance.** 類 Ça me fait un grand plaisir de vous connaître. 認識您非常高興。

013.mp3

請原諒打擾您。	**Excusez-moi de vous déranger.** 承 Je vous en prie. 不必客氣。
我好像在哪兒見過您。	**Il me semble que je vous ai déjà vu quelque part.** 承 C'est pas possible, c'est la première fois que je viens. 不可能，我是第一次來這裏。 Mais votre visage m'est familier. 但我很熟悉您的臉。
請問怎樣拼讀您的名字？	**Comment épelez-vous votre nom, s'il vous plaît?** 承 P, A, U, L. Paul? 保羅嗎？ Oui, c'est exact. 非常正確。
你是法國人嗎？	**Tu es Français?** 承 Non, je suis Italien. 不，我是意大利人。 français 意為“法國人”的時，第一個字母要大寫，意為“法語”的時候就小寫。
您的國籍是？	**De quelle nationalité êtes-vous?** 同 Quelle est votre nationalité? 同 De quel pays êtes-vous?
您在哪兒出生的？	**Où êtes-vous né?** 承 Je suis né à Hong Kong. 我在香港出生。
我是中國人。	**Je suis Chinois.** 同 Je suis de nationalité chinoise. 同 Je suis de Chine. 同 Je viens de Chine.
請問您的職業是……？	**Quel est votre métier?** 同 Quelle est votre profession? 同 Qu'est-ce que vous faites dans la vie?
我是教師。	**Je suis professeur.** 類 Je suis avocat. 我是律師。 類 Je suis ingénieur. 我是工程師。

014.mp3

請允許我自我介紹，我叫李嘉文，是大學生。	**Permettez-moi de me présenter, je m'appelle Li Jiawen, je suis étudiante.** 說話者是女孩，所以用陰性名詞 étudiante，如果是男孩，則用 étudiant。
我的法語説得不好。	**Je ne parle pas bien le français.** 承 Vous parlez bien, j'ai tout compris. 您說得不錯，我都聽懂了。
您學法語多長時間了？	**Depuis quand apprenez-vous le français?** 承 Depuis six mois seulement. 只學了六個月。
我的中文沒有您的法語説得好。	**Mon chinois est moins bien que votre français.** 承 Où avez-vous appris le chinois? 您在哪兒學中文的？ Dans un centre de formation en France. 在法國一家培訓中心。 這句話中的 Dans 和 un 需要連誦。請注意聽錄音。
您什麼時候來到香港的？	**Quand êtes-vous arrivé à Hong Kong?** 承 Je viens d'arriver ici. 我剛剛到這裡。 C'est la première fois? 第一次嗎？ Non, c'est la deuxième fois. 不，是第二次。
我能常和您聯繫嗎？	**Puis-je souvent vous contacter?** 承 Avec plaisir. 非常樂意。
您能給我留下電話號碼嗎？	**Pourriez-vous me laisser votre numéro de téléphone?** 類 Pourriez-vous me donner votre adresse? 您能告訴我您的地址嗎？
這是我的名片。	**Voilà ma carte de visite.**

015.mp3

我度過了一個非常愉快的夜晚，謝謝你。	J'ai passé une joyeuse soirée, je vous remercie beaucoup.
你們互相認識嗎？	Est-ce que vous vous connaissez?
我介紹您和大家認識。	Je fais votre présentation.
您認識菲利普嗎？	Connaissez-vous Philippe? 承 Non, je ne le connais pas, voulez-vous me le présenter? 我不認識他，請把他介紹給我好嗎？
我想你們之間還不認識，我來介紹一下。	Je pense que vous ne vous connaissez pas, alors je fais les présentations.
我很想認識一下劉波先生。	J'aimerais bien connaître Monsieur Liu Bo. 承 J'essaye de trouver une occasion pour vous le présenter. 我儘可能找一個機會把他介紹給您。 Merci d'avance. 先謝謝您了。
請允許我給您介紹一下我的同事。	Permettez-moi de vous présenter mon collègue. 同 Je me permets de vous présenter mon collègue.
我可以把您介紹給我的老師嗎？	Est-ce que je peux vous présenter à mon professeur?
我很榮幸地介紹我的老師。	J'ai l'honneur de vous présenter mon professeur.

關鍵字

認識 la connaissance
愉快 le plaisir
國籍 la nationalité
榮幸的 enchanté
高興的 joyeux, se
名片 la carte de visite

重逢

010.mp3

時間過得真快呀！	Comme le temps passe très vite!
一轉眼又過了一年。	Voilà un an qui s'est déjà écoulé.
好久沒有見到您了。	Il y a longtemps que je ne vous ais pas vu. 同 Depuis longtemps, je ne vous ais pas vu. 同 Ça fait longtemps que je ne vous ai pas vu.
見到你真高興！	Quel plaisir de vous revoir!
遇見你太高興了！	Quel plaisir de vous rencontrer!
再一次看到您我多麼高興啊！	Comme je suis content de vous revoir!
什麼風把您吹來啦？	Quel bon vent vous amène? 同 Qu'est-ce qui vous amène?
您最近好吧？	Comment allez-vous? 承 Ça va bien, mais je suis un peu occupé. 很好，但有點忙。
好久沒有見到你了，你去哪兒了？	Il y a longtemps que je ne t'ai pas vu, où es-tu allé? 承 Je suis allé en mission à l'étranger. 我去國外出差了。
我正忙一個新項目。	Je suis en train de travailler sur un nouveau projet.

017.mp3

我很想您，就來看您了。	Je pense beaucoup à vous, donc je suis venu pour vous voir.
這是給您的禮物。	C'est un cadeau pour vous. 承 Vous êtes très gentil, merci beaucoup. 你真好，謝謝。 這句話中的 C'est 和 un 需要連誦。請注意聽錄音。
您看起來很精神。	Vous avez l'air bien en forme.
你總是那麼漂亮。	Vous êtes toujours belle.
您一點都沒有變。	Vous n'avez pas changé du tout. 承 Vous non plus. 你也沒變。
您看起來更年輕了。	Vous paraissez plus jeune. 同 Vous semblez plus jeune. 同 Vous avez l'air plus jeune.
您的家人都好嗎？	Comment va votre famille? 承 Elle va bien, merci. 大家都很好，謝謝。
我想去拜訪您的父母。	Je veux rendre visite à vos parents. 承 Merci beaucoup, ils seront très contents. 謝謝您，他們會很高興的。
您搬家了嗎？	Avez-vous déménagé? 承 Non, j'habite dans le même bâtiment. 沒有，還是住原來的房子。
我給您打了好幾次電話，但沒打通。	Je vous ai téléphoné plusieurs fois, mais ça ne marche pas. 這句話中的 vous 和 ai 需要連誦。請注意聽錄音。

關鍵字

很久 longtemps	也不 non plus
外國 l'étranger	拜訪 rendre visite à
再次見到 revoir	聯絡地址 les coordonnées

暫別

🎧 010.mp3

一會兒見！	**A bientôt!** 同 A tout à l'heure! 同 A tout de suite! 同 A dans un moment!
再見！	**Au revoir!** 同 Salut! Ciao! Salut 除了熟人表示問好外，還可以用於分手。Ciao 是意大利語當中再見的意思，但不少法國人也喜歡用它，常用於朋友之間。
明天見！	**A demain!** 類 A ce soir! 今晚見！
下午見！	**A cet après-midi!** 類 A après demain! 後天見！
改日見！	**A un de ces jours!**
周末見！	**A ce week-end!**
禮拜天見！	**On se voit dimanche prochain!** 類 A lundi! 星期一見！
白天快樂！	**Bonne journée!** 類 Bon après-midi! 下午快樂！ 類 Bonne soirée! 晚上快樂！
過陣子見！	**A plus tard!** 類 A la prochaine! 下回見！

019.mp3

我們還是老地方見吧。	On se retrouve au même endroit. 承 Pas de problème. 沒問題。
電影院門口五點見！	A cinq heures à l'entrée du cinéma! 這句話中的 cinq 和 heures 需要連誦。請注意聽錄音。
不見不散！	On s'attend!
我要走了。	Je m'en vais. 同 Je vais partir. 同 Il faut que j'y aille. aille 是虛擬式現在時的變位。
不好意思，我該走了。	Excusez-moi, je dois partir. 同 Je vous prie de m'excuser, je dois partir.
現在已是晚上十點了，我跟你再見了。	Il'est 10 heures du soir, je te quitte.
出發的時間到了，再見。	C'est l'heure de partir, au revoir.
那我就不留您了。	Alors je ne veux pas vous retenir davantage.
您怎麼回去？	Comment rentrez-vous? 承 Je rentre en voiture. 我開車回去。
別忘了給我打電話。	N'oubliez pas de me téléphoner. 承 Une fois arrivé là-bas, je vous téléphonerai. 我一到那兒，就給您打電話。
我希望您再來。	J'espère que vous reviendrez. 同 Je désire que vous reveniez.
我希望很快見到您。	A bientôt, j'espère.

關鍵字

動詞 revenir 的簡單將來時變位

je reviendrai	nous reviendrons
tu reviendras	vous reviendrez
il (elle) reviendra	ils (elles) reviendront

久別

020.mp3

明年見！	A l'année prochaine!
在北京見！	On se voit à Beijing.
聽說您明天就要走了，是嗎？	J'ai entendu dire que vous allez partir demain, est-ce vrai? 承 Oui, c'est vrai, mon contrat a expiré. 是的，我的合同到期了。 C'est dommage! 太遺憾了！
半年一晃就過去了，時間過得真快呀。	Six mois se sont écoulés en un éclair. Le temps passe très vite.
好像您才來不久似的。	Il semble que vous êtes arrivé récemment. 這句話中的 vous, êtes 和 arrivé 需要連誦。請注意聽錄音。
分別真讓人傷心。	C'est triste de se séparer. 同 C'est triste de voir la séparation.
我們可以常打電話。	Nous pouvons nous téléphoner souvent.
我們什麼時候再見面呢？	Quand nous reverrons-nous? 承 Je reviendrai l'année prochaine. 我明年回來。
我真希望你留下來。	J'espère que vous restez toujours. 同 Je voudrais que vous restiez toujours. restiez 是動詞 rester 的虛擬式現在時的變位。
我也捨不得走。	Il m'en coûte aussi de vous quitter. Vous allez me quitter, ça me rend triste. 您就要離開我了，我很難過。 Il m'en coûte aussi de vous quitter. 我也捨不得走。

021.mp3

我很幸運認識了像您這樣的好朋友。	J'ai la chance d'avoir connu un ami comme vous.
別太難過，我們很快就會見面的。	Ne soyez pas très triste, nous nous reverrons bientôt.
但願我們儘早見面。	J'espère que nous nous reverrons le plus tôt possible. 同 Je souhaite qu'on se revoie le plus tôt possible.
我們保持聯繫吧！	Restons en contact!
我會跟您保持聯繫的。	Je resterai en contact avec vous. 同 Je maintiendrai des relations avec vous. 同 Je garderai des relations avec vous.
歡迎您再來香港。	On attend votre prochaine visite à Hong Kong. 承 Merci, j'espère aussi que vous viendrez en France. 謝謝，我也希望您來法國。
請多保重！	Portez-vous bien! 同 Prenez soin de vous!
祝歸途平安！	Bon retour! 同 Je vous souhaite un bon retour dans votre pays! 祝您回國一路平安！

關鍵字

分別 se séparer
離開 quitter
參觀 visiter
想念 penser
接觸 se contacter
再見 Au revoir!

022.mp3

語法 1：聯誦

聯誦是法語發音上的一大特色，即在同一節奏組中，如果前一詞以不發音的子音字母結尾，後一詞以母音字母開始，這時前一詞詞尾的子音字母要發音，並與後一詞詞首的母音拼讀，構成一個音節，如：une élève [y-ne-lɛ:v], quel homme [kɛ-lɔm], C'est exact. [sɛ-tɛg-zak].

聯誦或連音時，有些詞尾子音字母的讀音有變化：

1. f 讀 [v]：neuf ans
2. s, x 讀做 [z]：ses amis, deux heures
3. d 讀 [t]：grand hôtel
4. g 讀 [k]：sang humain

聯誦規則：

1. 主語人稱代詞和它後面的動詞：Vous avez raison.
2. 冠詞、限定形容詞和它後面的名詞：J'ai habité ici pendant dix ans. Comment vont les affaires? Ils sont mes enfants.
3. 形容詞在名詞前面：C'est un petit enfant. J'habite dans un grand hôtel.
   ① 動詞放在主語之前：Part-il tout de suite?
   ② 主語後面有 en, y 等代詞時：Nous en avons. Vas-y.
4. 在動詞 être 之後：Ils sont arrivés.
5. 副詞和它後面的形容詞間：Elle est très heureuse.
6. 在介詞和它後面的詞之間：chez elle, en été
7. 連詞 quand 和它後面的詞：Quand il arrivera…
8. 在一些複合名詞中：Les Etats-Unis, tout à coup

以下幾種情況不聯誦：

1. 嘘音 h 禁止聯誦（字典中前面加着 * 的 h）：Les héros
2. 連詞 et 一般禁止和前後的單詞聯誦：un fils et une fille
3. 數詞 un, huit, onze, oui 等詞不能與他們前面的詞聯誦：dans huit jours, mais oui, cent un, un enfant de onze ans
4. 倒裝結構中，主語和後面的過去分詞、表語等不能聯誦：Avez-vous entendu? Sont-ils étudiants?

Chapter 2

自我介紹

姓名

0?4 mp3

我叫卡特琳·李。	Je m'appelle Catherine LI.
我姓李，名思陽。	Mon nom de famille est Li, mon prénom est Siyang.
我的名字叫安娜。	Je m'appelle Anne. 承 Ah! Anne.C'est le même nom que ma soeur. 啊！安娜。和我姐姐的名字一樣。
“安娜”來自希伯來文，是優雅的意思。	«Anne» est venu de la langue grecque, le sens est gracieux.
我的名字很好聽。	Mon nom est plaisant à entendre. 同 Mon nom chatouille l'oreille.
我的名字很難聽。	Mon nom est désagréable à entendre.
我的名字叫起來很繞嘴。	Mon nom est difficile à prononcer.
我的名字很容易記住。	Mon nom est facile à retenir. 反 Mon nom n'est pas facile à retenir. 我的名字不容易記。
我的名字筆畫太多，寫起來很麻煩。	Les traits de caractères de mon nom sont très nombreux, c'est difficile à écrire.
我不喜歡我的名字，太男性化了。	Je n'aime pas mon nom, c'est un nom très masculin.

025.mp3

我是男孩，但是我的名字是女孩名。	Je suis un garçon, mais mon nom est un nom féminin. 反 Je suis une fille, mais mon nom est un nom masculin. 我是女孩，但是我的名字是男孩名。
我的名字的來歷很複雜。	La provenance de mon nom est très complexe. 反 La provenance de mon nom est très simple. 我的名字的來歷很簡單。 provenance 是陰性名詞，可以根據其後綴 -ance，判斷為陰性。
我的名字在我出生之前已起好了。	Mon nom a été choisi avant ma naissance.
我的名字是我爺爺起的。	C'est mon grand-père qui m'a donné mon nom actuel.
我爸爸很喜歡男孩，所以給我起了男孩名字。	Mon père aime les garçons, c'est pourquoi il m'a donné le nom d'un garçon.
很多人看了我的名字，以為我是男孩。	Quand beaucoup de monde lisent mon nom, ils croient que je suis un garçon.
我小的時候不叫這個名字。	Quand j'étais petit, on ne m'appelait pas avec ce nom.
我小的時候我的父母叫我妞妞。	Quand j'étais petite, mes parents m'appelaient Niuniu.
我隨父親的姓，姓吳。	Je garde le nom de mon père, c'est Wu.

關鍵字

動詞 appeller 的直陳式現在時變位

je m'appelle	nous nous appelons
tu t'appelles	vous vous appelez
il (elle) s'appelle	ils (elles) s'appellent

身高

026 mp3

我身高 176 厘米。	**Je mesure 1 mètre 76.** 同 J'ai une taille de 1.76 m.
我是高個子女孩。	**Je suis une fille de grande taille.** 類 Je suis un <u>garçon</u> de grande taille. 我是高個子男孩。 表示人和動物的名詞，一般是按照自然性別來分陰陽性，因此 garçon 自然是陽性名詞。
我姐姐比我矮。	**Ma soeur est plus petite que moi.** 反 Ma soeur est plus grande que moi. 我姐姐比我高。
我在我們班個子最高。	**Ma taille est la plus haute de notre classe.** 反 Ma taille est la plus basse de notre classe. 在我們班裡我最矮。
我又高又瘦。	**Je suis grand et maigre.** 反 Je suis petit et gros. 我又矮又胖。
我覺得作為女孩子，我的個子有點高。	**Je trouve que ma taille est un peu haute pour une fille.**
我很苦惱，因為個子長得太高。	**Je suis angoissée d'avoir une si grande taille.** 反 Je suis angoissée d'avoir une si petite taille. 因為個子長得矮，我很苦惱。
我媽媽很矮，但我個子特別高。	**Ma mère est petite, mais je suis particulièrement grande.**

027.mp3

我再長 4 厘米就趕上我爸爸了。	J'atteindrai la taille de mon père si je grandis de 4 centimètres. 承 Quelle est la taille de ton père? 你爸爸個子多高？ 1 mètre 80. 1 米 80.
我跟他一樣高。	Je suis aussi grand que lui. 同 J'ai la même taille que lui.
我比我弟弟高 2 厘米。	Je suis de 2 centimètres plus grand que mon petit frère. 反 Je suis de 2 centimètres moins grand que mon petit frère. 我比我弟弟矮 2 厘米。
我希望我不再長高。	J'espère ne plus grandir. 承 Tu as tort, la grande taille est à la mode maintenant. 你錯了，現在身材高挑才美。
我的家人不像我這麼高。	Ma famille n'est pas de grande taille comme moi.
我覺得我不高也不矮。	Je trouve que je ne suis ni grande ni petite.
我的身高適合打球。	Ma taille est convenable pour jouer au ballon. 類 Ma taille est convenable pour faire du sport. 我的身高適合運動。
我真羨慕你個子高。	J'admire bien ta grande taille.
我希望再長 5 厘米。	Je souhaite grandir encore de 5 centimètres.

關鍵字

胖的 gros	胖的 grosse
高大的 grand	高大的 grande
矮小的 petit	矮小的 petite

頭髮

028 mp3

我有一頭黑髮。	J'ai les cheveux noirs.
我有棕色頭髮。	J'ai les cheveux bruns.
我有一頭金髮。	J'ai les cheveux blonds.
我的頭髮又黑又亮。	Mes cheveux sont noirs et brillants. 類 Mes cheveux sont souples et fins. 我的頭髮又軟又細。
我很傷心，我已經有很多白髮了。	Je suis triste, j'ai déjà beaucoup de cheveux blancs.
我喜歡卷髮。	J'aime les cheveux frisés. cheveux 是陽性名詞複數，eu 結尾的名詞構成複數名詞時，一般在詞尾加 x。
我不喜歡直髮。	Je n'aime pas les cheveux raides (plats).
我喜歡經常改變髮型。	J'aime changer souvent de coiffure.
大家喜歡我的新髮型。	Tout le monde préfère ma nouvelle coiffure. 承 Pourriez-vous me dire quel est votre coiffeur? 你能告訴我在哪家髮廊做的髮型嗎？ Chez le coiffeur près de chez moi. 在我家附近的髮廊裡。
我的髮型很時尚。	Ma coiffure est très à la mode. 反 Ma coiffure est un peu démodée. 我的髮型有點過時了。

029.mp3

我每個月去一次理髮店剪髮。	Je vais chez le coiffeur une fois par mois pour me faire couper les cheveux. 類 Je vais chez le coiffeur une fois par mois pour me faire arranger les cheveux. 我每個月去一次理髮店打理頭髮。
我買了長卷假髮。	J'ai acheté des cheveux postiches longs et frisés.
我一直留着長頭髮。	Je porte toujours les cheveux longs. 反 Je porte les cheveux courts. 我留短髮。
我覺得我更適合短髮。	Je trouve que les cheveux courts me vont mieux.
我想把頭髮染成金黃色。	Je voudrais me teindre les cheveux en blond. 類 Je voudrais me teindre les cheveux en roux. 我想把頭髮染成紅棕色的。
我剛剛燙了頭髮。	Je viens de faire une permanente. 同 Je viens de me faire friser les cheveux. 同 Je viens de me faire onduler les cheveux.
卷髮讓我看起來更有女人味。	Il me semble que les cheveux frisés donnent plus de féminité. 名詞féminité，因為它的尾碼是té，因此是陰性名詞。
太卷的頭髮像個卷毛狗，我不喜歡。	Je n'aime pas les cheveux trop frisés comme un caniche.
我的髮質很乾。	Mes cheveux sont secs. 反 Mes cheveux sont gras. 我頭髮是油性的。

關鍵字

頭髮 les cheveux	燙髮 la permanente
髮型 la coiffure	時尚 la mode
染 teindre	美髮師 le coiffeur

皮膚

030.mp3

我的皮膚白而細膩。	**J'ai une peau fine et blanche.** 同 Ma peau est fine et blanche.
我的皮膚很白，像我媽媽。	**Ma peau est blanche comme ma mère.**
我的皮膚沒有你白。	**Ma peau est moins blanche que la tienne.**
我的皮膚被曬得黑黝黝的。	**J'ai la peau bronzée.** 承 Es-tu allé à la montagne? 你是不是去爬山了？ Oui, samedi dernier. 是的，上周六去的。
我的皮膚很好。	**J'ai une jolie peau.** 承 Ta peau fine et blanche retient les regards. 你的細膩而白皙的皮膚真讓人羨慕。 Merci. 謝謝。
我很羨慕你的膚色。	**J'admire ta couleur de peau.**
我的皮膚很光滑。	**Ma peau est luisante.** 反 Ma peau manque de lustre. 我的皮膚缺乏光澤。
我的皮膚變得很粗糙。	**Ma peau est devenue rugueuse.** eau 結尾的名詞是陰性名詞，因此，peau 是陰性名詞。
我有皮膚病。	**J'ai une maladie cutanée.** 承 Ne t'inquiète pas, cette maladie n'infecte pas l'entourage. 不用擔心，這種皮膚病不傳染周圍的人。

031.mp3

我經常去美容院保養皮膚。	Je fréquente le salon de beauté pour soigner la peau. 承 Quel salon de beauté fréquentez-vous? 你經常去哪家美容院？ Un salon de beauté géré par un Français. 一家法國人經營的美容院。
我的皮膚很乾燥。	J'ai la peau sèche.
我是油性皮膚。	Ma peau est grasse.
我是中性皮膚。	J'ai la peau neutre.
我的皮膚很敏感。	Ma peau est très sensible.
我怎樣才能去掉黑頭？	Comment puis-je faire disparaître les points noirs? 承 Tu peux aller consulter un esthéticien ou un médecin. 你可以去諮詢美容師或醫生。
我最近經常熬夜，因此添了皺紋。	Comme je veille souvent ces derniers jours, sur mon visage s'ajoutent des rides.
我很傷心，我的臉上有很多皺紋了。	Je suis très triste. Il y a beaucoup de rides sur mon visage.
我臉上皺紋很少，因為我經常去美容院。	Il y a peu de rides sur mon visage, car je vais souvent au salon de beauté.
我的臉上有不少雀斑。	Il y a pas mal de taches de rousseur sur mon visage.

關鍵字

皮膚 peau
曬黑的 bronzé, e
發光的 luisant
美容院 salon de beauté
護理 soigner
敏感的 sensible

五官

002.mp3

大家都說我長得很像爸爸。	**On dit que je tiens de mon père.** 類 On dit que je tiens de ma mère. 大家都說我很像媽媽。
我長得不像父母。	**Je ne ressemble pas à mes parents.** 承 A qui ressembles-tu? 你長得像誰？ Je ne sais pas, à personne. 我不知道，誰都不像。
我不像你說的那樣漂亮。	**Je ne suis pas belle comme tu le dis.**
我的同事們說我長得很可愛。	**Mes collègues disent que je suis très mignonne.** 類 Mes collègues disent que je suis très charmante. 我的同事們說我很迷人。
我是瓜子臉。	**Mon visage est ovale.** 同 J'ai un visage ovale.
我的臉是圓圓的。	**Mon visage est rond.**
我有一張豐滿的臉。	**J'ai un visage plein.**
我的臉腮紅潤光滑。	**Mes joues sont lisses et roses.** 反 J'ai les joues creuses. 我面頰塌陷。 joue 是陰性名詞，後面加了 s，因此，它是陰性複數名詞。
我覺得我的臉色很自然。	**Je crois que la couleur de mon visage est naturelle.**

033.mp3

我的額頭太寬。	Mon front est trop large. 類 Mon front est trop haut. 我的額頭高。
我眉毛濃重。	J'ai les sourcils très épais. 同 J'ai les sourcils très fournis.
我眉毛很淡。	J'ai les sourcils très minces. 同 J'ai les sourcils fins.
我的眉毛像月牙。	Mes sourcils ressemblent au croissant.
我不需要修眉毛。	Je n'ai pas besoin de tailler mes sourcils. 反 J'épile souvent mes sourcils. 我常常修眉毛。
我有一雙大大的眼睛。	J'ai de grands yeux. yeux 陽性名詞複數，它的單數形式是 œil。
我的眼睛是藍色的。	Mes yeux sont bleus.
我的眼睛是綠色的。	Mes yeux sont verts.
我的眼睛是黑色的。	Mes yeux sont noirs.
你的睫毛又長又彎，真讓人羨慕。	Tu as de longs cils recourbés, je t'envie.
我希望我的嘴唇更性感。	Je souhaite que mes lèvres soient plus sensuelles.
我討厭我的雙下巴。	Je déteste mon double menton.

關鍵字

臉 le visage	鼻子 le nez
眉毛 les sourcils	嘴 la bouche
眼睛 les yeux	嘴唇 les lèvres

身材

🎧 034 mp3

我身材很苗條。	Je suis svelte. 同 Je suis mince.
我很胖。	Je suis grosse.
我身材高挑。	Je suis grand et mince. 反 Je suis petit et gros. 我身材矮胖。
我是中等身材的人。	Je suis un homme de taille moyenne.
我身材很勻稱。	J'ai un corps bien proportionné. 名詞 corps 雖然詞尾有 s，但它是陽性名詞單數，因此，構成複數時不變。
我身材魁梧。	Je suis grand et robuste. 反 Je suis faible et petit. 我身材弱小。
我上身短，下身長。	Mon buste est court, et mes jambes sont longues.
我最近胖了很多。	J'ai grossi ces derniers jours.
我的身材好幾年都沒有變。	Ma taille n'a pas changé pendant plusieurs années.
我很高興到了這個年齡身材還不錯。	Je suis très contente de maintenir une bonne taille à mon âge.
我略微有些駝背。	Je suis un peu bossu.
我有一雙粗壯的大手。	J'ai de grandes mains vigoureuses.

035.mp3

我脖子細長。	Mon cou est long et mince. 反 Mon cou est court et gros. 我脖子短粗。
我胸部豐滿。	J'ai de la poitrine.
我腰身很細。	J'ai la taille fine.
我的手臂長。	J'ai de grands bras. 反 Mes bras sont petits 我的手臂短。
我的手很靈巧。	J'ai des mains adroites. 同 J'ai des mains habiles.
我的腰圍大約 92 厘米。	Mon tour de taille est environ de 92 centimètres.
我大腹便便。	Je suis un gros ventru. 同 J'ai une grosse bedaine.
我的臀部很大。	J'ai les hanches très fortes.
我肌肉發達。	Je suis tout en muscles.
我的大腿太粗了。	Mes cuisses sont trop grosses.
我的小腿太細。	Mes mollets sont minces. 名詞 mollets 帶有尾碼 -et，表示它是陽性名詞，另外詞尾又加了 s，成為陽性複數名詞。
我的腿腳靈便。	J'ai de bonnes jambes. 同 J'ai des jambes agiles. 同 J'ai des jambes de gazelles.
我的腳太大，只能穿男孩子的鞋。	Mes pieds sont si grands que je me chausse chez les garçons.

關鍵字

瘦長的 mince
結實的 robuste
胸脯 la poitrine
大腿 la cuisse
尺寸 la pointure
腰圍 le tour de taille

性格

030.mp3

我脾氣很好。	**J'ai un bon caractère.** 反 J'ai un mauvais caractère. 我脾氣不好。
我性格開朗。	**J'ai un caractère ouvert.** 反 J'ai un caractère fermé. 我性格內向。
我對所有的人都很禮貌，很隨和。	**Je suis poli et aimable avec tout le monde.**
我待人和善，樂於助人。	**Je suis gentil et j'aime aider les autres.**
我很樂觀。	**J'ai un heureux caractère.** 同 Je suis optimiste. 反 Je suis pessimiste. 我很悲觀。
我工作非常認真。	**Je suis sérieux dans mon travail.** 反 Je suis négligent dans mon travail. 我工作很馬虎。 以 il 結尾的名詞是陽性名詞。
我不驕傲，總是很謙虛。	**Je ne suis pas fier, je suis toujours modeste.**
我是努力奮鬥的人。	**Je suis un homme qui fait des efforts pour combattre.**
我真誠坦率，因此受到大家的好評。	**Comme je suis sincère et franc, je suis apprécié par tout le monde.**
人們都說我很幽默。	**Tout le monde dit que je suis un humoriste.**

037.mp3

我不拘小節。	**Je brave les bienséances.** 同 Je ne suis pas cérémonieux.
我是有骨氣的男子漢。	**Je suis un homme de caractère.** 反 Je suis un homme sans caractère. 我是沒有骨氣的人。
我喜歡獨處。	**J'aime vivre tout seul.** 承 Vivre tout seul, c'est trop de solitude. 一個人生活太孤單。 Je crois qu'on est plus libre. 我認為這很自由。
我愛發脾氣。	**J'ai tendance à me mettre en colère.** 同 Je suis coléreux.
我很任性，像個孩子。	**Je suis capricieux comme un enfant.**
我不像你想象的那樣勇敢。	**Je ne suis pas courageux comme vous le croyez.**
我性格好鬥。	**Je suis d'humeur belliqueuse.** 反 Je suis conciliant. 我性格溫順。
我性格急躁。	**Je suis impatient.** 反 Je suis patient 我很有耐心。
我性格粗暴。	**J'ai un tempérament violent.** 以 ment 結尾的名詞一般是陽性名詞。
我膽小怕事，不敢做主。	**Je suis timoré, je n'ose pas décider par moi-même.**
我的話一向不多。	**Je suis silencieux, je n'aime pas bavarder.**

關鍵字

可愛的 gentil	可愛的 gentille
坦率的 franc	坦率的 franche
任性的 capricieux	任性的 capricieuse

喜好

000.mp3

您有什麼愛好？	Quel est votre goût? 同 Quel est votre passe-temps favori?
您喜歡做什麼？	Qu'est-ce que vous aimez faire? 承 J'aime faire du jardinage. 我喜歡園藝。
您對什麼感興趣？	Que-ce qui vous intéresse? 承 Je m'intéresse beaucoup à l'art. 我對藝術很感興趣。
周末你喜歡做什麼？	Qu'est-ce que vous aimez faire en général le week-end? 承 Je fais du ménage, je cours les magasins. 收拾房間，逛商店。
您在業餘時間做什麼？	Qu'est-ce que vous aimez faire aux heures de loisir? 承 Je fais du bricolage. 在家裡修修弄弄。
你喜歡做家務嗎？	Aimez-vous faire le ménage? 承 Oui, mais je n'ai pas le temps de le faire, car j'ai plein de choses à faire. 喜歡，但沒時間做，因為我有很多事要做。 名詞 ménage 以 age 結尾，因此它是陽性名詞。
我沒什麼特別的興趣。	Je n'ai pas de préférence.
我喜歡音樂。	J'aime la musique. 同 Je suis mélomane.
大家都說我從小有音樂天賦。	Tout le monde dit que j'ai du talent pour la musique depuis mon enfance.

039.mp3

我是業餘鋼琴演奏員。	Je suis pianiste amateur. 承 Avec qui avez-vous appris à jouer du piano? 你跟誰學的鋼琴？ Avec ma mère. 跟我的母親。
我家人都喜歡音樂，可以說我家是音樂之家。	Toute notre famille aime la musique, on peut dire que notre famille est une famille de musiciens.
我是舞蹈家。	Je suis danseur. 類 Je suis chanteur. 我是歌唱家。
我擅長芭蕾舞。	J'excelle en ballet. 類 J'excelle en danse populaire. 我擅長民間舞蹈。
我擅長拉丁舞。	J'excelle en danse latine.
我會說五種語言，英語、法語、日語、韓語和西班牙語。	Je parle cinq langues, l'anglais, le français, le japonais, le coréen et l'espagnol.
我是籃球運動員。	Je suis un joueur de basket-ball. 類 Je suis un joueur de football. 我是足球運動員。
我會太極拳，我已學了五年了。	Je fais de la boxe de Taiji, je la pratique depuis 5 ans.
我最喜歡柔道，但我不是一名優秀的柔道運動員。	Mon sport préféré est le judo, mais je ne suis pas un bon judoka.
我也喜歡滑冰，我主要是練花樣滑冰的。	J'aime aussi patiner, je fais surtout du patinage artistique.

040.mp3

我上大學時，是全校跑得最快的。	Quand j'étais à l'Université, j'étais le premier dans les compétitions de la course.
我在跳高比賽中獲得第一名。	J'ai gagné la première place au saut en hauteur.
我曾經是職業游泳運動員。	J'étais nageur professionnel.
蝶泳，蛙泳，自由泳，我都會。	Je sais nager le papillon, la brasse et le crawl.
乒乓球是我的業餘愛好。	Je suis amateur de tennis de table. 乒乓球有兩種說法：le tennis de table，le ping-pong。
我很想參加環法單車賽。	J'ai envie de participer au Tour de France.
我是業餘攝影愛好者。	Je suis photographe amateur.
這些是我在法國時照的照片。	Ce sont les photos que j'ai prises en France.
我是橄欖球球迷，是我最喜歡的體育活動。	J'adore le rugby, c'est mon sport préféré.
我從事水上運動。	Je pratique des sports nautiques.
滑雪對我很有吸引力，但我有點害怕。	Je suis très attiré par le ski, mais ça me fait un peu peur.
我一有空就在家研究菜譜，我喜歡做菜。	Dès que j'ai du temps, j'étudie des recettes de cuisine. La cuisine est mon passe-temps préféré.

041.mp3

我也喜歡花，但我養花養不活。	J'aime également les fleurs, mais je n'arrive pas à les cultiver correctement!
我很喜歡上網。	Surfer sur Internet m'intéresse beaucoup. 類 J'aime écrire des poèmes. 我喜歡寫詩。
我喜歡看愛情片。	J'aime les films d'amour. Quel genre de film aimes-tu? 你喜歡看什麼電影？ J'aime les films d'amour. 我喜歡看愛情片。
我最喜歡看娛樂節目，你呢？	J'aime bien voir les programmes de divertissement, et vous?
我喜歡看 DVD。	Je regarde beaucoup de DVD.
跟電影相比我更喜歡看電視，因為電視更方便。	Je préfère la télévision aux films. Parce qu'elle est plus facile d'utilisation.
您喜歡什麼運動？	Quel sport aimez-vous? 承 J'aime toutes les activités sportives. 運動類的我都喜歡。
我喜歡在田野散步。	J'aime marcher dans les champs. 類 J'aime faire de la randonnée. 我喜歡徒步。
我很喜歡旅遊。	J'aime beaucoup voyager.
一有機會我就去旅遊。	Je voyage dès que c'est possible.
我更喜歡打羽毛球。	Je préfère le badminton. Vous aimez le tennis ou le badminton? 您喜歡網球還是羽毛球？ Je préfère le badminton. 我更喜歡打羽毛球。

042.mp3

我是棒球迷。	Je suis un grand fan de base-ball.
我在日本時受到日本人的影響也開始喜歡棒球了。	Quand j'étais au Japon, j'ai commencé à aimer le base-ball sous l'influence des Japonais. 名詞 influence 是以 -ence 結尾，為陰性名詞，如同 conférence。
我最喜歡的運動是打排球。	Mon sport préféré est le volley-ball.
我從小學到大學一直打排球。	J'ai toujours joué au volley-ball de l'école primaire jusqu'à l'université.
我在大學的時候喜歡打網球。	J'aimais faire du tennis quand j'étais à l'Université.
我每周都練瑜伽。	Je fais du yoga toutes les semaines.
瑜伽對保持身材很有好處。	Le yoga aide beaucoup à garder la ligne.
我對圍棋很感興趣。	Je m'intéresse à Weiqi. 類 Je m'intéresse au billard. 我對桌球很感興趣。
我喜歡文學，我最喜歡的作家是莫泊桑。	J'aime la littérature. L'auteur que j'aime le plus est Maupassant.
我是個樂迷。	Je suis mélomane. 承 Quel genre de musique préférez-vous? 您愛聽哪類音樂？ Je préfère le jazz. 我愛聽爵士樂。
我最喜歡交響樂。	La musique symphonique me passionne. 類 J'écoute surtout les disques. 我主要是聽唱片。

043.mp3

我喜歡彈鋼琴。	**J'aime jouer du piano.** 承 Voulez-vous nous jouer quelque chose? 能給我們彈點兒什麼嗎？ Avec plaisir. 我很願意。
鋼琴聲聽起來很優雅、美麗。	**Le son du piano caresse l'oreille, il est élégant et beau.**
學鋼琴不難，只要你喜歡一定能學好。	**Il n'est pas difficile d' apprendre à jouer du piano. Si vous l'aimez, vous y arriverez certainement.**
您喜歡美術嗎？	**Vous aimez les beaux-arts?** beaux-arts 是複合名詞的複數。形容詞 + 名詞構成的複合名詞構成複數時，兩者都變成複數。
您喜歡什麼畫？	**A quel genre de peinture vous intéressez-vous?** 承 J'aime beaucoup les paysages. 我喜歡風景畫。
我愛看壁畫。	**J'aime les fresques.**
我喜歡書法。	**J'aime la calligraphie.** 承 Depuis combien d'années pratiquez-vous la calligraphie? 您書法練了幾年了？ Depuis plusieurs années. 很多年了。
我喜歡繪畫，也喜歡書法。	**J'aime non seulement la peinture, mais aussi la calligraphie.**
您應該喜歡攝影吧？	**Vous devez aimer la photographie?** 承 Oui, j'aime bien faire des photos. 對，我很喜歡攝影。

關鍵字

動詞 aimer 的直陳式現在時變位

j'aime	nous aimons
tu aimes	vous aimez
il (elle) aime	ils (elles) aiment

職業

044.mp3

我在市政府工作。	**Je travaille à la municipalité.** 類 Je travaille au Ministère de la Culture. 我在文化部工作。
我是作家。	**Je suis écrivain.** 同 Je suis auteur.
我是大學教授。	**Je suis professeur d'une université.** professeur 陽性名詞，沒有陰性形式。如強調可以前面加 femme 來表示陰性，如 une femme professeur.
我從事體育工作。	**Je fais du sport.** 類 Je travaille dans l'éducation. 我從事教育工作。
我很能幹，我是部門經理。	**Je suis directrice du département, et je suis compétente.**
我是畫家，我只對畫畫感興趣。	**Je suis peintre, je m'intéresse seulement à la peinture.**
我是銀行職員。	**Je suis employée dans une banque.**
我曾經擔任過銷售經理。	**J'ai été directeur de vente.**
我在餐廳當過服務員。	**J'ai été serveur dans un restaurent.** 承 Combien d'heures avez-vous travaillé chaque jour? 您每天工作幾個小時？ 8 heures. 8 個小時。
我在一家服裝廠工作。	**Je travaille dans une entreprise de vêtements.**

045.mp3

我是木工，整天在灰塵中工作。	Je suis menuisier, je suis dans la poussière toute la journée. menuisier 為陽性名詞，沒有陰性形式。
我當記者已經有三年了。	Je suis journaliste depuis trois ans. 類 Je suis chauffeur depuis trois ans. 我當司機已經有三年了。
我正在一家美國的電腦設備公司實習。	Je fais mon stage dans une société américaine des matériels informatiques.
我在一家中外合資企業工作。	Je travaille dans une compagnie mixte chinoise-étrangère. 類 Je travaille dans une entreprise étrangère. 我在一家外企工作。
我在一家私營企業工作。	Je travaille dans une entreprise privée.
我們的企業在全國有名。	Notre entreprise est très connue dans tout le pays.
我在一家貿易公司工作。	Je travaille dans une société de commerce.
我想在貿易方面成為專業人士。	Je voudrais me spécialiser dans le commerce. 類 Je voudrai me perfectionner dans ce domaine. 我很想在這個領域提高自己。
我負責產品的售後服務。	Je m'occupe du service après-vente des produits.
我和我弟弟開了一家公司。	J'ai créé une société avec mon petit frère.
我在一家大型企業做會計。	J'ai un poste de comptable dans une grande entreprise.

關鍵字

教師	le professeur	經理	le directreur
畫家	le peintre	木工	le menuisier
記者	le (la) journaliste	會計	le (la) comptable

婚姻

016.mp3

我現在仍然是單身。	Je suis encore célibataire.
我覺得單身很自由。	Je trouve que la vie célibataire me donne plus de liberté. 類 Je trouve que la vie célibataire est très solitaire. 我覺得單身生活很孤單。
我有女朋友。	J'ai une petite amie.
我還沒結婚。	Je ne suis pas encore marié.
我很快就要結婚了。	Je vais bientôt me marier.
我已結婚了。	Je suis marié. 承 Avec qui êtes-vous marié? 您跟誰結婚了？ Avec un de mes collègues. 跟我的一個同事。
我兩年前結婚了。	Je me suis marié il y a deux ans. 承 Avez-vous des enfants? 您有孩子？ Je n'en ai pas encore. 我還沒有孩子。
我們的婚姻很幸福。	Notre vie de couple est très heureuse. 反 Notre vie de couple est très malheureuse. 我們的婚姻很不幸。
大家都羨慕我們是幸福的一對。	On dit que nous sommes un couple heureux.

047.mp3

我和我丈夫是青梅竹馬。	Mon mari et moi, nous sommes des compagnons de jeux d'enfance.
我妻子是我小學時的同學。	Ma femme était ma camarade de classe à l'école primaire.
我深深地愛着我妻子。	J'aime ma femme profondément.
結婚那年我們就有了孩子。	Nous avons eu un enfant l'année où nous nous sommes mariés.
我跟我現在的丈夫結婚時已經有了一個三歲的女兒。	Quand je me suis mariée avec mon mari actuel, j'avais une fille de trois ans.
我跟現在的丈夫是第二次結婚。	Avec mon mari actuel c'est mon deuxième mariage.
我離婚了。	J'ai divorcé. 承 Pour quelle raison avez-vous divorcé? 由於什麼原因離婚的？ Mon mari ne m'aime plus. 我丈夫不愛我了。
我們倆感情很壞。	Nous nous entendons comme chien et chat. 同 Nous nous aimons bien.
我們經常吵架。	Nous nous querellons souvent.
我丈夫有外遇。	Mon mari a <u>une maîtresse</u>. 以 esse 結尾的名詞是陰性名詞。

關鍵字

獨身的 célibataire
已婚的 marié, e
離婚 divorcer
仍然 encore
孩子 un enfant
幸福 heureuse

家庭

048.mp3

我有一個很幸福的家。	J'ai une famille heureuse.
我家有三口人：我爸爸，媽媽和我。	Nous sommes trois dans notre famille : mon père, ma mère et moi.
我爸爸是大學教授。	Mon père est professeur d'une université.
夏天，我們全家經常到海邊度周末。	En été, toute notre famille va souvent au bord de la mer pour passer le week-end.
我有一個弟弟。	J'ai un petit frère.
我弟弟在讀大學。	Mon petit frère est étudiant. 承 Dans quelle université étudie-t-il? 在哪個大學讀書？ A l'Université de Beijing. 在北京大學。
我有一個哥哥和一個妹妹。	J'ai un grand frère et une petite soeur.
我很遺憾沒有弟弟。	C'est dommage que je n'ai pas de petit frère.
我哥哥在魁北克生活。	Mon frère vit au Québec. 承 Qu'est-ce qu'il fait là-bas? 他在那兒做什麼工作。 Il a ouvert un restaurant. 他在那兒開了一家餐館。

049.mp3

我妹妹是個律師。	Ma petite soeur est avocate. 承 Elle est mariée? 她結婚了嗎？ Pas encore. 還沒有。
我的妹妹是美籍華人。	Elle est Américaine d'origine chinoise. 類 Elle est Chinoise d'outre-mer. 她是華僑。
在我妹妹的邀請下，去年我們全家去美國旅遊了。	A la demande de ma soeur, notre famille est allée aux Etats –Unis pour voyager l'année dernière.
我的父母住得很遠，因此我不能常去看他們。	Mes parents habitent loin, je ne peux donc pas aller les voir souvent. parents 陽性名詞複數，單數名詞後加 s 就構成複數。
我經常跟他們打電話聊天。	Je fais la causette avec eux par le téléphone. 承 Les frais de téléphone sont chers? 電話費貴嗎？ On téléphone par internet, c'est pas cher. 現在通過網絡打電話很便宜。
我好久沒有見到他們了。	Je ne les ai pas vus depuis longtemps.
他們雖然老了，但身體很健康。	Quoiqu'ils soient vieux, ils sont en bonne santé.
我常常夢到他們。	Je les vois souvent dans mon rêve.

關鍵字

家庭	la famille	姐姐	la sœur
父親	le père	哥哥	le grand frère
母親	la mère	弟弟	le petit frère

家鄉

050.mp3

我好久沒有回家鄉了。	Il y a longtemps que je ne suis pas rentré dans mon pays natal. 同 Ça fait longtemps que je ne suis pas rentré dans mon pays natal.
我離開家鄉已有二十多年了。	J'ai quitté le pays il y a vingt ans. 承 Pourquoi as-tu quitté le pays? 你為什麼離開家鄉了？ Pour étudier à Hong Kong. 為了來香港讀書。
我已忘記了家鄉什麼樣了。	J'ai déjà oublié comment était mon pays natal.
我非常想念家鄉。	Je pense beaucoup à mon pays natal.
我經常回家鄉探望父母。	Je rentre souvent pour voir mes parents. 承 Combien de fois rentres-tu chaque année? 你每年回去幾次？ Trois fois. 三次。
我出生在海濱城市。	Je suis né dans une ville située en bord de mer.
我家鄉是一個美麗的海濱城市。	Ma ville natale est une belle ville qui se trouve au bord de la mer.
我喜歡家鄉的氣候，景色，所有的一切。	J'aime le climat, le paysage et presque tout de mon pays. 以 -at 結尾的名詞一般是陽性名詞，climat 即是陽性名詞。

051.mp3

我的童年是在海邊度過的。	J'ai passé mon enfance au bord de la mer.
爸爸教我學會了游泳。	Mon père m'a appris à nager. 類 Mon père m'a appris à faire du vélo. 爸爸教我學會了騎單車。
在家鄉有很多山，山上有各種樹。	Il y a beaucoup de montagnes où se trouvent toutes sortes d'arbres, dans mon pays natal. 句子中的 où 是關係代詞，代替地點狀語。
到了秋天山裡的景色美極了。	En automne, le paysage de montagnes est formidable.
在春天到處都能看到鮮花，美極了。	Au printemps, on voit partout des fleurs, c'est vraiment magnifique.
家鄉已有了巨大變化。	Mon pays natal a énormément changé. 同 Mon pays natal a beaucoup changé. 反 Mon pays natal n'a pas changé du tout. 家鄉一點都沒有變化。
它成為一座繁榮的城市。	Elle est devenu une ville prospère. Elle 是做主語的人稱代詞，可以指人或物。
海洋公園是孩子們的樂園。	Le parc maritime est le lieu de délices des enfants.
每年很多遊客慕名而來。	Chaque année, de nombreux voyageurs sont attirés par sa réputation. voyageurs 是陽性名詞複數，因此，修飾它的形容詞 nombreux 也是複數形式。

關鍵字

動詞 oublier 的直陳式複合過去時的變位

j'ai oublié	nous avons oublié
tu as oublié	vous avez oublié
il (elle) a oublié	ils elles ons oublié

住所

U52.mp3

我住在香港。	J'habite à Hong Kong.
我住在花園街 55 號。	J'habite au 55 rue Garden.
我住在對面的房子裡，我只要穿過馬路就可以到家。	J'habite la maison d'en face, j'ai juste à traverser pour aller chez moi.
面朝花園的那棟樓就是。	C'est le bâtiment qui donne sur le jardin. 類 Le bâtiment donne sur le sud. 樓房朝南。
就是前面的那個高層建築物。	C'est la grande construction devant.
我住在第 4 層，左邊第一個門就是。	J'habite au 3e étage, c'est la première porte à gauche. 3e étage 指的是我們中文中的第四層，這是因為法語中底層不計在內。
樓下住的是徐太太，人很好。	Madame Xu habite au-dessous de chez moi, elle est très sympathique.
我與鄰居關係都很好。	Je suis en bons termes avec tous les voisins. 同 Je m'entends bien avec tous mes voisins.
原來我是王先生的鄰居，但他一個月前搬走了。	J'étais voisin de monsieur Wang, mais il a déménagé il y a un mois.

053.mp3

陳先生也是同層的房客。	Monsieur Chen est aussi locataire au même étage.
能給我留下你的聯絡方式嗎？	Pouvez-vous me laisser vos coordonnées?
我住在離這兒 10 公里遠的地方。	J'habite à 10 kilomètres d'ici. 類 J'habite à 5 minutes du Parc Beiling. 我家到北陵公園只有 5 分鐘的路。
我每天開車去上班。	Je vais au travail en voiture. 類 Je vais au travail en métro. 我坐地鐵上班。
我騎單車上班。	Je vais au travail à vélo. 類 Je vais au travail à pied. 我步行去上班。
我住在一條死胡同裡，非常安靜！	J'habite dans une impasse, c'est très calme!
沒有來往車輛。	Il n'y a pas de voiture.
我現在不住在城裡，住在郊區。	Je n'habite pas en ville, j'habite en banlieue. 同 Je n'habite pas en ville, j'habite en périphérie.
我們正好住在書店的樓上。	Nous habitons juste au-dessus de la librairie.
這是我的電話號碼。	C'est mon numéro de téléphone.
這是我的手機號碼。	C'est mon numéro de portable. 類 C'est mon adresse e-mail. 這是我的電子郵箱。

關鍵字

居住 habiter	公寓 un appartement
房屋 la maison	死胡同 une impasse
住址 une adresse	面積 la surface

語法 2：名詞的性和數

一、名詞的性

性是法語名詞典型的語法特點。名詞無論是表示人還是物，都有陰、陽性之分。表示人和動物的名詞，一般是按照自然性別而分；但表示物的名詞也分為陽性名詞和陰性名詞。

陽性名詞：

1. 帶有下列尾碼（或詞尾）的名詞，一般為陽性：-age; -ail; -ard; -at; -au; -er; -ier; -et; -ème; -gramme; -il; -in; -is; -isme; -ment; -oir; -on; -eu 等。
2. 表示樹木、金屬、月份、四季、星期、語言和非“e”結尾的國名通常為陽性名詞。

陰性名詞：

1. 帶有下列尾碼（或詞尾）的名詞，一般是陰性： -té; -aille; -son; -ance; -ée; -eille; erie; -esse; -ette; -ure; -ie; -ière; -ille; -ine; -ise; -itude; -sion; -ence 等。
2. 表示水果、科學、藝術和以“e”結尾的國名通常為陰性名詞。

二、名詞的數：

一般規則

1. 在單數名詞後加 s 就構成複數。
2. 以 s, x, z 結尾的單數名詞，構成複數時不變。

特殊規則

1. 以au, eau, eu或oeu結尾的單數名詞，構成複數時一般加x，例外：un pneu-des pneus; un bleu-des bleus。
2. 以 al 結尾的單數名詞，構成複數時變成 aux，例外：bal, cal, chacal, choral, festival, final, régal, récital 等的複數加 s。
3. 以 ou 結尾的單數名詞，構成複數時加 s，其中有 7 個詞構成複數時加 x：bijou, caillou, chou, genou, hibou, joujou, pou。
4. 以 ail 結尾的單數名詞，構成複數時加 s，其中 7 個詞構成複數時變成 aux：corail, bail, émail, travail, vantail, vitrail。

Chapter 3

打開話匣子

天氣

U56.mp3

今天天氣怎麼樣？	**Quel temps fait-il aujourd'hui?** 承 Il fait beau. 今天天氣好。
天氣好極了。	**Il fait un temps magnifique.** 反 Il fait mauvais. 天氣不好。 名詞 temps 後面有形容詞，因此 temps 前面要用不定冠詞。
天氣很好。	**Il fait doux.** 同 Il fait bon.
今天有太陽。	**Il fait du soleil.**
今天陰天。	**Il fait gris.** 同 Il fait un temps gris.
天空晴朗，萬里無雲。	**Il fait clair, sans nuages.** 反 Le ciel est couvert de nuages épais. 天空烏雲密佈。
天氣乾燥。	**Il fait sec.** 反 Il fait humide. 天氣潮濕。
今天電閃雷鳴。	**Il fait des éclairs et il tonne.** 承 Ne sors pas, c'est dangereux. 別出去了，很危險。
今天早晨有霧。	**Il fait du brouillard ce matin.**
今天氣溫多高？	**Quelle est la température d'aujourd'hui?** 同 Quelle température fait-il aujourd'hui? 同 Combien fait-il aujourd'hui?

057.mp3

今天氣溫 18 度。	La température est de dix-huit degrés. 同 Il fait dix-huit degrés. 名詞 température 前面用定冠詞是因為它表示總體概念。
今天氣溫零下 18 度。	Il fait moins dix-huit degrés.
今天溫度比昨天更低。	La température d'aujourd'hui est plus basse que celle d'hier.
天氣悶熱。	Il fait lourd. 同 Il fait étouffant. 類 C'est un four! 熱得像火爐。
多熱的天啊！	Quelle chaleur! 承 Entrons dans la maison, il y fait frais. 我們進去吧，屋裡涼爽一點。
天熱得讓人受不了。	Il fait une chaleur torride. 同 Il fait une chaleur accablante. 同 Il fait une chaleur insupportable.
我從來沒有碰到過這麼熱的天。	Je n'ai jamais vu un temps pareil.
明天什麼天氣？	Quel temps fera-t-il demain? 承 D'après la météo, demain le temps va changer. 根據氣象預報，明天要變天。
明天將有大風和暴雨。	Demain il fera un grand vent et une averse. 類 Demain il fera du vent et il pleuvra. 明天將颳風下雨。
下雪了。	Il neige. 類 Il tombe une neige épaisse. 下大雪。 類 Il neige à gros flocons. 下鵝毛大雪。

058.mp3

暴風雪席捲北方。	Une tempête de neige se déchaîne dans le Nord.
夜裡河水凍冰了。	La rivière a gelé pendant la nuit.
雪越積越厚。	La neige s'amoncelle. Je dois partir, j'ai plein de choses à faire. 我必須走，我有很多事要做。 La neige s'amoncelle. On ne peut plus avancer. 雪越積越厚，無法往前行了。
雪那麼厚，深得沒膝。	Il y a tellement de neige qu'on s'enfonce jusqu'aux genoux.
我冷得發抖。	Je grelotte de froid. 同 Je tremble de froid.
我的手凍得麻木了。	J'ai les mains transies. 同 J'ai les mains gelées.
中國的氣候怎麼樣？	Comment est le climat en Chine? 承 Il y a une grande différence de température en hiver entre le Nord et le Sud. 冬季，南北的氣溫差別較大。
中國南方是亞熱帶氣候。	Le Sud de la Chine a un climat subtropical.
海邊城市常常有颱風。	Le typhon est assez fréquent dans les villes au bord de la mer.
在北方四季分明。	Les quatre saisons sont marquées au Nord.
現在氣候變化無常。	Le climat est très variable maintenant.
春天溫暖多風。	Le printemps est doux et venteux.
這春天的風真讓人受不了。	Ce vent du printemps est insupportable.

059.mp3

春天是一年四季中最令人愉快的季節。	Le printemps est la saison la plus agréable de l'année.
樹木發芽，到處鮮花盛開。	Les arbres bourgeonnent et on voit partout des fleurs.
雖然已到了五月份，天氣還是很冷。	Bien que nous soyons déjà en mai, il fait encore froid.
這裡是典型的大陸性氣候。	Ici le climat est typiquement continental.
我們這裡一天中的氣溫變化很大。	Chez nous, il y a souvent de grands écarts de température dans la même journée.
夏天熱而多雨。	Il fait chaud et il pleut beaucoup en été.
我喜歡天氣熱的地方，我怕冷。	Je préfère les pays chauds, je ne supporte pas le froid.
秋天涼爽而晴朗。	En automne il fait frais et beau.
法國的氣候怎樣？	Comment est le climat en France? 承 Le climat est tempéré avec des variations locales. 法國氣候溫和，各地略有差異。
法國地中海沿岸氣候怎麼樣？	Comment est le climat au bord de la Méditerranée? 承 Il y fait plus chaud et plus sec. 法國地中海沿岸較熱、較乾燥。
北方冬天非常寒冷。	L'hiver est rigoureux dans le Nord.

關鍵字

溫和的 doux	涼爽的 frais
寒冷的 froid	炎熱的 chaud
潮濕的 humide	乾燥的 sec

交通

060.mp3

我每天乘地鐵上班。	Je prends le métro tous les jours pour aller au travail.
您怎麼上班？	Comment allez-vous au travail? 承 Je prends l'autobus pour y aller. 我乘巴士上班。
您開車上班嗎？	Allez-vous au travail en voiture? 類 Allez-vous au travail en métro? 您乘地鐵上班嗎？
首先，我搭地鐵，然後轉乘巴士。	D'abord, je prends le métro, et puis je prends l'autobus.
我更喜歡坐的士。	Je préfère prendre le taxi. 反 Je déteste prendre le taxi. 我討厭坐的士。
在香港我經常乘坐輪渡。	À Hong Kong, je prends souvent le ferry-boat.
今天早上交通大阻塞。	Ce matin, il y avait un grand embouteillage.
今天早晨堵車了。	Ce matin la route était embouteillée.
高峰時期交通總是堵得厲害。	Aux heures de pointe, il y a toujours un blocage de la circulation. aux 是縮合冠詞，是介詞 à 和定冠詞 les 的縮合。
汽車緩慢前行。	La voiture roule très lentement. 反 La voiture roule très vite. 汽車快速前行。

061.mp3

我的車子沒油了。	Ma voiture n'a pas d'essence.
哪裡有加油站？	Où se trouve la station d'essence?
加油站前面就有。	Il y a une station d'essence devant. 類 Il n'y a pas de station d'essence près d'ici. 這附近沒有加油站。
每個城市都有上百個加油站。	Chaque ville possède plus d'une centaine de stations d'essence.
因為車禍，道路堵住了。	A cause de l'accident, la route est bloquée.
我剛才不留神，追尾了。	Comme je n'ai pas fait attention, j'ai embouti l'arrière de la voiture devant moi.
我需要報警。	J'ai besoin d'avertir la police.
闖紅燈，警察是會罰款的。	L'agent de police va vous condamner à une amende si vous grillez un feu rouge.
酒後開車非常危險。	C'est très dangereux de conduire après l'alcool.
在中國，汽車靠馬路右側行駛。	En Chine, les véhicules circulent sur le côté droit de la route. 名詞 véhicule 前面用了定冠詞 les，表示總體概念。
今天早晨我的車胎爆胎了。	Ce matin, j'ai crevé un de mes pneus.

關鍵字

地鐵 le métro
公路 la route
汽車 la voiture
交通堵塞 un embouteillage
加油站 la station d'essence
事故 un accident

時間

062.mp3

今天是幾號？	Quelle date sommes-nous? 承 Nous sommes le 6. 今天是 6 號。
今天是星期幾？	Quel jour sommes-nous? 承 Nous sommes jeudi. 今天是星期四。
現在幾點了？	Quelle heure est-il? 同 Tu as l'heure?
現在六點鐘。	Il est six heures. 類 Il est six heures dix. 現在六點過十分。 類 Il est six heures et quart. 現在六點過一刻。
我的錶慢二十分鐘。	Ma montre retarde de vingt minutes. 反 Ma montre avance de vingt minutes. 我的錶快二十分鐘。
抱歉，我的錶停了。	Désolé, ma montre est arrêtée.
很抱歉，我沒有錶，不知道現在幾點了。	Je suis désolé, je n'ai pas de montre. Je ne sais pas quelle heure il est.
你幾點出發？	A quelle heure vas-tu partir? 承 Je pars à six heures et demie. 六點半出發。
我要遲到了。	Je vais être en retard. 反 Je suis arrivé en avance. 我提前到了。

063.mp3

出發的時間到了。	C'est l'heure de partir. 類 C'est l'heure de la recréation. 課間休息時間到了。
現在是吃晚飯的時間。 還早呢。	C'est l'heure de se coucher. Il est encore tôt. 反 Il est très tard. 太晚了。
別着急，時間還足夠。	Nous avons assez de temps. 同 Prenez votre temps. 同 Nous avons du temps.
我有一個小時的空閒。	J'ai une heure de temps libre. 類 J'ai du temps. 我有時間。 du 是部分冠詞陽性，因為這裡的 temps 指的是泛指的不可數名詞。
法語課是九點開始嗎？	Le cours de français commence à neuf heures? 承 Oui, il est presque l'heure. Au revoir! 是的，差不多到時間了。再見！
每天我六點起床，十點半睡覺。	Tous les jours, je me lève à six heures du matin et je me couche à dix heures et demie du soir. 此句中的 du 是縮合冠詞，介詞 de 遇到陽性冠詞 le 時，一定要縮合成 du。
音樂會進行了兩個小時。 快到九點了，他還沒來。	Le concert a duré deux heures. Il est bientôt neuf heures, il n'est pas encore arrivé. 承 Patientez quelques minutes, s'il vous plait! 請等幾分鐘。

關鍵字

日期 la date	遲到 en retard
時間 une heure	持續 durer
十分鐘 dix minutes	白天 la journée

節假日

🎧 U64.mp3

周末有什麼安排？	**Quel est ton projet pour le week-end?** 類 Quelles activités avez-vous pour le week-end? 周末你們有什麼活動嗎？
這周末你去哪兒？	**Où vas-tu passer ce week-end?** 承 Je vais chez mes parents. 我去我父母那兒。
周末過得好嗎？	**Avez-vous passé un bon week-end?** 承 Non, j'étais très occupé, j'ai préparé mon discours. 沒有，我很忙，我準備演講稿來着。
上周末你去哪兒了？	**Où es-tu allé le week-end dernier?** 承 Je suis resté à la maison toute la journée pour faire mes devoirs. 我一天都在家做作業。
我本打算周末好好休息，但事與願違。	**Je comptais bien me reposer ce week-end, mais ce fûr le contraire.**
下周末我們開車去兜風吧。	**Allons en voiture prendre l'air le week-end prochain.**
這個周末你要做什麼？	**Qu'est-ce que tu vas faire pendant ce week-end?**
這周末您有空嗎？	**Etes-vous libre ce week-end?** 承 Oui, j'ai du temps. 有空。
我們全家明天去巴黎度周末。	**Demain notre famille part à Paris pour passer le week-end.**

065.mp3

我想周末組織一次晚會。	Je voudrais organiser une soirée ce week-end.
這周有什麼電影在上映？	Quel film passe-t-on ce week-end? 承 Le Grand Bleu. Encore, je n'aime pas ce film. 《藍色的大海》，還是這個片子，我不喜歡這個電影。
我到鄉下去度周末。	Je vais passer la fin de la semaine à la campagne. 類 Je vais passer le week-end à l'étranger. 我去國外度周末。
我打算這周末讀兩本小說。	Je compte lire deux romans pendant le week-end.
最近我太累了，我想利用周末好好休息。	Je suis très fatigué récemment. Je veux profiter du week-end pour bien me reposer.
我在郊區有幢別墅，我要去那兒度周末。	J'ai une villa en banlieue, je vais y passer le week-end. 類 J'ai loué une villa en banlieue, je vais y passer le week-end. 我在郊區租了一幢別墅，我要去那兒度周末。
聽說周末有足球比賽。	On dit qu'il y aura un match de football ce week-end. 承 Je sais, mais je n'ai pas pu acheter de billet. 我知道，可我沒能買到門票。
我很想逛商場，周末你能陪我嗎？	J'ai bien envie de flâner dans les magasins. Peux-tu m'accompagner ce week-end? 承 On en reparlera, je suis fatiguée en ce moment. 到時候再說吧，我最近很累。
我好久沒滑雪了，周末跟我一起去滑雪好嗎？	Il y a longtemps que je n'ai pas fait du ski. Voulez-vous faire du ski avec moi ce week-end? 從事某種體育活動的名詞前，一般用部分冠詞。

066.mp3

我心情不好，周末我要去逛街。	**Je n'ai pas le moral. Je vais me promener dans les rues ce week-end.**
在周末，你一般幾點起床？	**A quelle heure te lèves-tu le week-end?** 承 Un peu plus tard qu'à l'ordinaire. A huit heures environ. 比平時晚一點，大概八點左右。
明天是周末，我要睡個懶覺。	**Demain c'est le week-end, je vais faire une grasse matinée.**
下周末我去巴黎，可能在那兒呆一個星期左右。	**J'irai à Paris à la fin de la semaine prochaine. J'y resterais pour une semaine environ.** resterais 是 rester 的條件式現在時變位，表示推測。
周末我們去餐館吃飯吧？	**On va au restaurant ce week-end, ça te va?** 承 Oui, c'est justement ce que je pensais. 可以，我正想這麼說。
法國有哪些重要節日？	**Quelles sont les fêtes principales en France?** 承 Ce sont Noël, le Nouvel An, les Pâques, la Pentecôte, l'Assomption,l'Ascension, la fête nationale, etc. 聖誕節、元旦、復活節、聖靈降臨節、聖母升天節、耶穌升天節、國慶節等。
法國最重要的節日是什麼？	**Quelle est la fête la plus importante en France?** 承 C'est la fête de Noël. 是聖誕節。
你在法國是怎麼過聖誕節的？	**Comment passes-tu Noël en France?** 類 Comment s'est passée la soirée de Noël? 聖誕晚會是怎樣度過的？
吃完晚飯後，大家互相贈送聖誕禮物。	**Après le repas, on s'offre des cadeaux.**

067.mp3

通常我們用聖誕樹裝飾家。	Normalement, on décore la maison avec un arbre de Noël. 類 On décore le sapin de Noël avec des guirlandes électriques, des étoiles, etc. 人們用電子花飾和星星裝飾聖誕樹。
有什麼傳統菜餚嗎？	Est-ce qu'il y a des plats traditionnels? 承 Oui, il y a du foie gras, des huîtres, des escargots, la bûche de Noël, etc. 是的，像鵝肝，牡蠣，蝸牛，聖誕蛋糕等。
孩子們睡覺前總忘不了把鞋子放在壁爐裡。	Avant de se coucher, les enfants n'oublient pas de mettre leurs souliers dans la cheminée.
聖誕節前夜許多人去做午夜彌撒。	A la veille de Noël, beaucoup de gens vont à la messe de minuit.
國慶節期間有什麼活動嗎？	Qu'est-ce qu'on fait pendant la Fête nationale? 承 Le président de la république assiste au défilé militaire. 共和國總統檢閱軍隊。 au 是陽性縮合冠詞，介詞 à 遇到冠詞 le 時，一定要縮合成 au。
我很喜歡愚人節，因為我們可以拿別人開玩笑。	J'aime beaucoup la fête du poisson d'avril, car on peut faire des plaisanteries aux autres.
今天是情人節。	Aujourd'hui, c'est la fête de la Saint-Valentin.

關鍵字

周末	le week-end	節日	la fête
組織	organiser	舞會	le bal
度過	passer	年夜飯	le réveillon

經歷

068.mp3

您在哪所大學上學？	**Dans quelle université faites-vous vos études?** 承 Je fais mes études à l'Université d'Auvergne. 我在奧弗涅大學學習。
能說說您在大學的經歷嗎？	**Pourriez-vous parler de votre parcours universitaire?** 類 Pourriez-vous parler de vos expériences professionnelles? 能談談你的工作經歷嗎？
來法國之前您學的是什麼專業？	**Quelles études avez-vous suivies avant de venir en France?** 同 Quelle était votre spécialité avant de venir en France?
我取得了電腦專業的碩士學位。	**J'ai obtenu <u>le diplôme</u> de Master 2 en informatique.** 名詞 diplôme 後面有限定成分，因此 diplôme 前用了定冠詞。
來法國之前剛剛大學畢業。	**Je viens de terminer mes études universitaires avant de venir en France.** 類 J'ai travaillé comme interprète dans une compagnie de traduction avant de venir en France. 來法國之前我在一家翻譯公司當口譯員。
我在大學學過法語。	**J'ai appris le français à l'université.**
您只學過一種外語嗎？	**Avez-vous appris seulement une langue?** 承 Non, j'ai appris trois langues, le français, l'anglais et le japonais. 不，我學了三種語言，法語、英語和日語。

069.mp3

您學幾年法語了？	Pendant combien d'années avez-vous appris le français? 承 Quatre ans. 四年了。
您認為學四年法語夠嗎？	Croyez-vous que quatre ans d'étude du français vous suffisent? 承 Ce n'est pas possible, c'est encore insuffisant. C'est pourquoi je veux aller me perfectionner en France. 不可能，還差得遠呢。所以我想去法國深造。
在翻譯中，我經常遇到不少困難。	Je rencontre souvent des difficultés dans la traduction.
我讀過很多法語小說，令我對法國文學有一點瞭解。	J'ai lu beaucoup de romans français, cela me permet de connaître un peu la littérature française.
您去過法國嗎？	Etes-vous allée en France? 承 Oui, j'aime beaucoup la France et surtout Paris. 去過，我非常喜歡法國，尤其是巴黎。
那您為什麼回來了？	Mais pourquoi êtes-vous rentré?
您在法國呆了幾年？	Pendant combien d'années êtes-vous restée en France? 承 J'y suis restée six ans. 我在那兒呆了六年。
剛開始我在那兒留學，後來找了一份工作。	Au début, j'y ai étudié, après j'ai trouvé un travail.
您做了什麼工作？	Quel métier avez-vous fait? 承 J'ai été secrétaire dans une entreprise. 我在一家公司當了秘書。

070.mp3

在法國的時候，我住在大學城。	Pendant mon séjour en France, j'habitais dans la résidence universitaire.
您上大學期間，參加過學生社團嗎？	A quelle association des étudiants avez-vous participé à l'université? 承 J'étais membre du cinéclub. 我曾經是電影愛好者俱樂部的成員。
我參加過籃球俱樂部。	J'étais inscrit au club de basket-ball.
我在法國生活過兩年，我很喜歡這這個國家。	J'ai vécu 2 ans en France, ce pays me plaît beaucoup. 同 J'ai habité en France pendant 2 ans, j'aime bien ce pays.
您在法國期間常去旅遊嗎？	Avez-vous souvent voyagé quand vous étiez en France? 承 Non, je n'ai pas voyagé souvent, car j'étais occupé par mes études. 我學習忙，不能常出去。
我去過很多歐洲國家旅遊。	J'ai visité beaucoup de pays européens. 同 J'ai beaucoup voyagé dans les pays européens.
我十五歲那年離開父母，去國外讀書。	A 15 ans, j'ai quitté mes parents pour faire mes études à l'étranger. Quand êtes-vous parti pour l'étranger pour étudier? 您何時去國外讀書的？ A 15 ans, j'ai quitté mes parents pour faire mes études à l'étranger. 我 15 歲那年離開父母，去國外讀書。
去年夏天，我和家人去了科西嘉島度假。	L'été dernier, j'ai passé les vacances en Corse avec ma famille. 同 L'été dernier, je suis parti en Corse avec ma famille pour passer les vacances.
聽說您去過很多地方。	On dit que vous êtes allé visiter beaucoup d'endroits. 承 Oui, plus d'une dizaine de pays. 是，大概十多個國家吧。

071.mp3

您能給我談談您的感受嗎？	Pouvez-vous me parler de vos impressions? 承 Avec plaisir. 好吧。
聽說法國人很浪漫，是嗎？	On dit que les Français sont romantiques, n'est-ce pas? 承 Quand on parle de la France, le premier rappel des gens est le romantique. 提起法國，人們的第一聯想就是浪漫。
初到法國時，很不習慣他們的接吻禮節。	Lorsque je suis arrivé en France, au début je n'étais pas habitué à leur habitude de s›embrasser.
法國人被邀請來吃飯時總比約定時間晚到半個小時。	Les Français ont l'habitude d'arriver toujours une demi-heure après l'heure fixée quand ils sont invités à dîner.
我去的第一個國家是日本，給我留下了深刻的印象。	Le premier pays où je suis allée est le Japon qui m'a laissé une profonde impression.
給我印象最深的是日本人的拼搏精神和節約的習慣。	L'impression la plus profonde que je garde est leur esprit de lutte acharnée et leur habitude d'épargne.
德國人認真、嚴肅、時間觀念強。	Les Allemands sont consciencieux, sérieux, graves, et ils ont une forte notion du temps.
德國人一絲不苟。	Les Allemands sont très scrupuleux.
豐富的經歷使我具備了多種能力。	J'ai acquis de nombreuses compétences grâce à mes diverses expériences.

關鍵字

大學	une université	企業	une entreprise
學歷	le diplôme	印象	une impression
學習	les études	工作	le travail

運動

072.mp3

您從事哪一項體育活動？	Quel sport pratiquez-vous? 同 Quel est le sport que vous pratiquez?
我很少進行體育運動，但是我喜歡看。	Je ne pratique pas assez le sport, mais j'aime le regarder.
我每天早上跑步。	Je fais de la course tous les matins. 從事某種體育運動的名詞前，用部分冠詞。
我喜歡慢跑。	J'aime le jogging.
慢跑是一項既健身又便宜的運動。	Le jogging est un sport sain et bon marché.
走路是非常好的健身方式。	La marche est un sport excellent.
步行是一項人人都可以參加的運動。	La marche à pied est un sport auquel tout le monde peut participer.
您喜歡徒步旅行嗎？	Aimez-vous l'excursion? 承 Oui, c'est un sport merveilleux, et très répandu en France. 是的，這是很棒的運動，在法國非常流行。
足球是我的最愛。	Le football est mon sport préféré.
我每個周六下午都和我的朋友踢足球。	Je pratique le football entre amis tous les samedis après-midi.
我經常課後打乒乓球。	Je joue souvent au ping-pong après la classe.

073.mp3

昨天我看了西班牙和法語班的籃球比賽。	J'ai assisté hier à un match de basket-ball entre la classe d'espagnol et la classe de français.
我對游泳有極大的興趣。	Je suis attiré par la natation. 承 Pourquoi? 為什麼呢？ Parce que c'est le meilleur et le plus sain des sports. 因為這是最好、最健康的運動。
我從 5 歲開始學游泳。	J'ai appris à nager dès l'âge de cinq ans.
我先學了蛙泳，然後是自由泳和仰泳。	J'ai appris d'abord la brasse, ensuite le crawl et la nage sur le dos.
我喜歡游泳，游泳能鍛煉身上的肌肉。	J'aime la natation, parce qu'elle exerce les muscles du corps.
我很喜歡滑冰活動。	J'aime beaucoup le patinage. 類 Le patinage est mon sport préféré. 滑冰是我最喜歡的運動。
您知道環法單車賽嗎？	Connaissez-vous le Tour de France? 承 Oui, je le connais, c'est une compétition sportive influente dans le monde. 是的，我知道，這是一項在世界上很有影響力的體育比賽。
環法單車賽每年夏天舉行。	Le Tour de France a lieu chaque année, en été.
女性更喜歡有音樂伴奏的體操。	Les femmes préfèrent la gymnastique sur un rythme de musique. 承 Vous avez raison. Je l'aime aussi. 您說的對，我也喜歡。

關鍵字

體育運動 le sport
慢跑 le jogging
徒步旅行 un excursion
游泳 nager
足球 le football
環法單車賽 le Tour de France

音樂

074.mp3

音樂是世界上最美麗的語言。	La musique est la plus belle langue du monde.
人生因為有音樂而幸福。	La vie est heureuse grâce à la musique.
你喜歡音樂嗎？	Est-ce que tu aimes la musique? 承 Oui, je l'aime beaucoup. 是的，非常喜歡。
您會唱法國歌嗎？	Savez-vous chanter des chansons françaises? chansons 是不確指的名詞，因此它的前面用不定冠詞。
你喜歡古典音樂還是現代音樂？	Aimes-tu la musique classique ou moderne? 承 J'aime les deux. 兩個都喜歡。
現在年輕人更喜歡流行音樂。	Les jeunes d'aujourd'hui préfèrent le pop. 類 Ils préfèrent la techno. 他們更喜歡電子合成音樂。 類 Ils préfèrent le rock. 他們更喜歡搖滾樂。
我不怎麼喜歡搖滾樂。	Je n'aime pas beaucoup le rock.
年輕人追求的是快樂、節奏和動感。	Les jeunes cherchent la gaieté, le rythme et la mobilité.

075.mp3

你覺得這場音樂會怎麼樣？	Que penses-tu de ce concert? 承 Dans l'ensemble, c'est parfait. 總的來說很好。
那位小姐鋼琴演奏非常出色，給我留下了深刻的印象。	La demoiselle a très bien joué du piano et ça m'a beaucoup impressionné.
她演奏了哪個作品？	Quelles oeuvres a-t-elle interprétées? 承 Elle a bien interprété les oeuvres de Beethoven. 她成功地演奏了貝多芬的作品。
那位小提琴手演奏得相當不錯，富有感染力。	Ce violoniste a bien joué avec un charme irrésistible.
這是一位很有造詣的小提琴演奏家。	C'est un violoniste d'une virtuosité surprenante.
您演奏什麼樂器？	De quel instrument de musique jouez-vous?
您想給我們演奏點什麼？	Voulez-vous nous jouer quelque chose?
巴黎是世界音樂之都。	Paris est la capitale mondiale de la musique.
他在音樂方面賦有才華，嗓音高亢、洪亮。	Il a du talent pour la musique. Sa voix est forte et sonore. talent 是不可數的名詞，所以它的前面要用部分冠詞。

關鍵字

音樂	la musique	音樂會	le concert
歌唱	chanter	小提琴手	le violoniste
鋼琴	le piano	樂器	un instrument

電影

070.mp3

我對電影很感興趣。	J'ai une grande passion pour les films.
我們來聊聊電影吧。	Parlons de films, d'accord?
你喜歡什麼類型的片子呢？	Quel genre de film t'intéresse?
我最喜歡老電影。	J'aime le plus les vieux films. 同 Les vieux films m'intéressent le plus.
老電影通常很感人而且富有教育意義。	Les vieux films sont souvent émouvants et riches d'enseignement. films 表示整體，所以要用定冠詞。
一些老導演受人尊重。	Certains réalisateurs âgés sont respectés de tous. 類 Certains réalisateurs âgés sont connus hors de Chine. 一些老導演聞名中外。
我和你一樣，也喜歡這部電影，尤其是演員謝芳。	Moi aussi, je l'aime bien, surtout l'actrice Xie Fang.
老電影真是百看不厭。	On aime les vieux films pour toujours. 同 Les vieux films nous attirent à n'importe quel moment.
電影裡配上好聽的音樂就更吸引人了。	Un film accompagné de bonnes musiques attire plus le public. 同 Un film sera beaucoup plus fascinant si on y ajoute de bonnes musiques.

077.mp3

一些美國大片拍得極其逼真。	Il y a beaucoup de grands films américains qui font vrais. 同 Beaucoup de grands films américains sont d'une ressemblance frappante avec la vérité.
美國的電影技術先進，經驗豐富。	Les Etats-Unis possèdent des techniques avancées et ont beaucoup d'expériences dans le tournage des films. techniques 是複數名詞，在此句中，是不確指的名詞，因此要用不定冠詞 des。
這部電影很逗笑。	Ce film est rigolo. 類 Ce film est émouvant. 這部電影很感人。
最近有什麼新片上映呢？	Est-ce qu'il y a de nouveaux films projetés récemment?
您經常去看電影嗎？	Allez-vous souvent au cinéma? 承 Maintenant j'y vais rarement, parce que je suis très occupée. 現在很少去，因為太忙了。
這是今年最賣座的電影。	C'est le best-seller de cette année. 類 Ces films sont les best-sellers de cette année. 這些電影是今年最賣座的電影。
我很喜歡《狂蟒之災》系列，都看完了。	J'aime la série entière du film Anaconda, je l'ai déjà vue.
您喜歡法國電影嗎？	Aimez-vous les films français? 承 Je préfère les films américains. 我還是更喜歡美國電影。

關鍵字

電影 le film	電影 le cinéma
導演 le réalisateur	拍攝 le tournage
女演員 une actrice	激動人心的 émouvant, e

閱讀

078.mp3

您經常閱讀報紙嗎？	Est-ce que vous lisez souvent des journaux? 承 Oui, il faut en lire pour connaître les actualités. 是，應該要讀報紙瞭解時事。
我每天花一個時閱讀報紙。	Je mets une heure par jour pour lire les journaux.
您喜歡哪個專欄？	Quelle rubrique aimez-vous? 承 J'aime lire la rubrique sportive. 我喜歡運動版。
你喜歡閱讀雜誌嗎？	Aimez-vous lire des revues? 承 J'aime Elle. 我喜歡 Elle 雜誌。
您的雜誌是訂閱的還是每周買一次？	Vous vous êtes abonné à vos revues ou vous en achetez chaque semaine? 承 Je me suis abonne à trois revues. S'il y en a d'autres qui m'intéressent, je les achètent aussi. 我訂了三本。如果有我感興趣的，我也買。
您每個月看幾本雜誌？	Combien de revues lisez-vous chaque mois?
我每個月看大約十本雜誌。	Je lis une dizaine de revues par mois.
我有一個習慣，晚上睡覺之前看半個小時雜誌。	J'ai l'habitude de lire une revue pendant une heure avant de dormir.
你喜歡讀書嗎？	Est-ce que tu aimes lire? 類 Quel genre de livres aimes-tu lire? 你喜歡哪類書？

079.mp3

我最喜歡小說和散文。	J'aime le plus les proses et les romans. 同 Les proses et les romans m'intéressent le plus. aimer 後面跟的名詞，一般表示總體概念，因此要用定冠詞。
我最不喜歡小說和散文。	Ce que je déteste le plus, ce sont les proses et les romans.
你喜歡金庸的作品嗎？	Les oeuvres de Jinyong t'intéressent? 承 Il est mon écrivain favori. 他是我最喜歡的作家。
我酷愛小說，尤其是偵探小說。	J'ai une grande passion pour les romans, surtout les romans policiers.
建議你看看偵探小說。	Je te conseille de lire des romans policiers.
散文能夠陶冶情操。	Les proses peuvent rendre les sentiments nobles.
我喜歡仔細品味散文的詩句，琢磨其內涵。	J'aime bien savourer les phrases des proses et peser le sens intérieur et profond. 同 J'aime bien goûter les phrases des proses et réfléchir sur ses connotations.
讀他的散文很長知識。	Ses proses nous apportent beaucoup de connaissances.
我讀小說速度非常快。	J'ai l'habitude de lire rapidement des romans.
從小到大我已經讀過很多小說了。	Depuis mon enfance, j'ai déjà lu de nombreux romans.
我非常崇拜錢鍾書，他寫的《圍城》充滿現實色彩。	Je vénère bien Qian Zhongshu, son oeuvre Fortress Besieged est très proche de la réalité.

080.mp3

這部作品體現了作家幽默詼諧的風格。	Cette oeuvre représente le stylo humoristique de l'écrivain. 類 Cette oeuvre est célèbre par le style humoristique de l'écrivain. 這部作品以作家幽默詼諧的風格著稱。
你閱讀時有記筆記的習慣嗎？	Est-ce que tu as l'habitude de noter quelque chose pendant la lecture? 承 Oui, cela m'aide à l'apprendre par coeur. 是的，這對加深記憶很有幫助。
我還保留着很多閱讀筆記。	Je garde encore beaucoup de carnets de notes suite à mes lectures.
你讀完我給你的那本小說了嗎？	Avez-vous lu le roman que je vous ai donné? 名詞 roman 後面有限定成分 que je vous ai donné，因此 roman 前要用定冠詞。
我正在看一本法國小說。	Je suis en train de lire un roman français.
最好閱讀原著，這有助於你們提高外語理解能力。	Il vaut mieux lire un auteur étranger dans le texte. Cela vous aide à élever la capacité de compréhension.
我試圖讀一本法國小說，但有點太難，因為有好多我不懂的詞。	J'ai essayé de lire un roman en français, mais c'est un peu difficile, parce qu'il y a beaucoup de mots que je ne comprends pas.
我喜歡去閱覽室看書，那裡很安靜。	J'aime lire dans la salle de lecture, c'est très calme là-bas.
要堅持每天閱讀，過段時間你一定能進步。	Si Vous vous appliquez bien à lire tous les jours, vous ferrez sûrement des progrès.
我很少在家看書。	Je lis rarement chez moi.

🎧 081.mp3

你每年看幾本小說？	Combien de romans lisez-vous chaque année? 承 Environ douze livres. 大約十二本。
這是一本很暢銷的書。	C'est un livre à forte vente. 同 C'est un livre à succès.
我很想讀這本書，你能借給我嗎？	J'aimerais bien lire ce livre，pouvez-vous me le prêter? 承 Oui, prenez-le. 好吧，拿去讀吧。
這本小說太長了，而且沒趣兒。	Ce roman est trop long et insipide. 反 Ce roman est très court, mais intéressant. 這本小說很短，但很有趣兒。
這本書的內容太暴力了。	Le contenu de ce livre est violent.
這本書太抽象了，我看不懂。	Ce livre est très abstrait, je ne le comprends pas.
最近我寫一本書，很少看報紙和雜誌。	Je suis en train d'écrire <u>un livre</u>, je lis rarement des journaux et des revues. 名詞 livre 是第一次提到的不確指的名詞，所以它的前面要用不定冠詞。
閱讀能開闊人的精神世界。	La lecture agrandit l'âme.
在書店裡常常看到很多人在那兒看書，但他們很少買書。	On voit beaucoup de monde lire à la librairie, mais ils y achètent rarement des livres.

關鍵字

動詞 Lire 的直陳式現在時變位

je lis	nous lisons
tu lis	vous lisez
il (elle) lit	ils (elles) lisent

電視

082.mp3

你喜歡看電視嗎？	Est-ce que tu aimes regarder la télévision?
如果沒有電視，生活將很沒趣。	Sans télévision, la vie n'aurait rien d'intéressant. Sans 是介詞，引出條件狀語。
現代生活中，人們越來越離不開電視了。	Dans notre vie moderne, les gens arrivent de moins en moins à se séparer de la télévision.
電視在日常生活中越來越重要。	La télévision est de plus en plus importante dans la vie quotidienne.
人們對當今的電視節目有好多看法。	On a beaucoup d'avis différents sur <u>les programmes</u> actuels à la télévision. 名詞 programmes 表示總體概念，因此要用定冠詞。
有些節目對孩子有負面影響。	Certains programmes causent des influences négatives sur les enfants.
通過電視節目可以學到很多知識。	Avec la télévision, nous pouvons apprendre beaucoup de connaissances.
電視為我們提供了很多有用的資訊。	La télévision nous fournit beaucoup d'informations utiles. 類 La télévision nous fait connaître le monde entier sans quitter la maison. 足不出戶就可以通過電視瞭解整個世界。

083.mp3

我想很多人低估了電視的重要價值。	Beaucoup de monde sous-estime la valeur de la télévision.
電視是每個人的朋友。	La télévision est une amie de chaque personne.
現在可以收到 100 多個電視頻道。	Maintenant on peut recevoir plus d'une centaine de chaînes.
我法語説得好就是因為我經常看法國電視頻道。	Je parle bien le français, c'est parce que je regarde souvent des chaînes françaises.
多看法語電視劇，有助於提高我們的法語水平。	Le feuilleton en français nous permet d'élever notre niveau de français. 類 Les feuilletons en français servent à l'étude du français. 法語電視劇有利於法語的學習。
您可以選擇喜歡的節目。	On peut choisir des programmes que vous aimez.
今晚我們看什麼電視節目？	Qu'est ce qu'on va regarder à la télévision ce soir? 承 Je préfère voir un débat télévisé s›il y en a un. 如果有的話，我想看電視辯論節目。
您有電視節目單嗎？	Avez-vous le programme de télévision? 承 Oui, le voilà. 有，這就是。
您看的是什麼頻道？	Quelle chaîne regardez-vous?
你喜歡看什麼電視節目？	Quel genre de programme aimes-tu? 承 J'aime regarder les feuilletons. 我喜歡看電視劇。

084.mp3

我喜歡綜合頻道。	J'aime la chaîne généraliste. 類 J'aime la chaîne sportive. 我喜歡體育頻道。
我喜歡描寫愛情的電視劇。	J'aime les feuilletons d'amour. feuilletons 表示總體概念，因此要用定冠詞。
我喜歡警匪片。	J'aime les feuilletons policiers.
這是一部很受歡迎的電視劇。	C'est un feuilleton bien populaire. 反 C'est un feuilleton bien impopulaire. 這是一部令人厭倦的電視劇。
我聽說過這片，是溫特沃斯・米勒主演的。	J'en ai entendu parler, Wentworth Miller interprète le rôle principal dans ce feuilleton.
你現在看什麼電視劇？	Quel feuilleton regardes-tu maintenant? 承 C'est un feuilleton américain qui s'appelle Prison break. 是一部美國的電視劇，名字叫《越獄》。
這部電視劇講得是什麼故事？	Il s'agit de quoi dans ce feuilleton? 承 Il s'agit d'un ingénieur qui réussit à aider son grand frère, prisonnier pour s'évader. 講的是一個工程師幫助哥哥越獄的事情。
這個電視劇太感人了，值得一看。	Ce feuilleton est très émouvant, ça vaut la peine de le voir.
我也正在看，我被故事情節深深地吸引住了。	Je le regarde aussi. Je suis bien attirée par l'intrigue de l'histoire.
我很喜歡這部電視劇的演員，他們演得非常好。	J'aime bien tous les acteurs dans ce feuilleton, ils jouent vraiment bien.

085.mp3

近幾年韓國電視劇在中國很受歡迎。	Les feuilletons coréens sont très populaires ces dernières années en chine.
我比較喜歡《魯豫有約》這個節目。	**Je préfère le programme Rendez-vous avec Lu Yu.** 承 Ah! C'est une femme géniale, elle est très bonne présentatrice et auteure aussi. 哦，魯豫是個才女，知名主持人，也是作家。
她經常在節目中邀請一些知名人士。	Elle invite toujours des personnalités connues à son programme. 反 Elle invite toujours des personnes ordinaires à son programme. 她經常在節目中邀請一些平常人。
您最近看了什麼紀錄片？	Quel film documentaire avez-vous vu récemment? 承 J'ai vu un film documentaire sur des animaux sauvages. 我看了有關野生動物的紀錄片。
今晚八點有總統選舉的電視節目。	Ce soir à huit heures, il y aura une émission sur l'élection présidentielle. 承 Oh! Je ne m'intéresse pas trop à la politique. 哦，我對政治不太感興趣。 émission 是泛指的不確指的名詞，所以要用不定冠詞。
這場音樂會將通過電視轉播。	Ce concert sera transmis en direct à la télévision. 名詞 télévision 表示總體概念，因此它的前面要用定冠詞。
電視每天播兩次天氣預報。	La télévision diffuse deux fois par jour un bulletin météorologique.

關鍵字

電視	la télévision	紀錄片	un film documentaire
節目	le programme	電視劇	le feuilleton
頻道	la chaîne	播送	diffuser

語法 3：冠詞的用法

冠詞放在名詞前面，表示它所限定的名詞的性和數，也説明該名詞是確指的還是泛指的。冠詞分三類：定冠詞 le, la, les，不定冠詞 un, une, des 和部分冠詞 du, de la, des。

一、定冠詞的基本用法

1. 用在上文中已經提到過的人或事物的名詞前：
   J'ai acheté une valise. La valise est bleue.
   我買了一個箱子，是藍色的。
2. 用在有限定成份的名詞前：
   Je lis le roman que vous m'avez donné. 我讀完了您給我的小説。
3. 用在表示唯一的或特指的名詞前：
   Allons voir le professeur, il est malade.
   我們去看老師吧，他病了。
4. 用在表示總體概念的名詞前：
   J'aime le café. 我喜歡喝咖啡。

二、不定冠詞的基本用法

1. 用在初次提到的人或事物：
   On peut voir de loin une église. 在遠處能看見一座教堂。
2. 用來表示不確指的人或物：
   Donnez-moi une feuille de papier. 給我一張紙。
3. un, une 放在伴有不起限定作用的形容語或起形容詞作用的補語名詞前時，可指出其性質或特徵：
   Il faisait ce jour-là une petite pluie froide.
   那天，下着寒冷的毛毛細雨。

三、部分冠詞的基本用法

部分冠詞和不定冠詞相同，用來表示它所限定的名詞是泛指的。兩者的區別是，不定冠詞是用在可數的名詞前，部分冠詞用在不可數的抽象的名詞前。

J'ai soif, je voudrais de l'eau. 我很渴，我想喝點水。

Chapter 4

親密交談

健康

000.mp3

我今天感覺不是很舒服。	Je ne me sens pas très bien. 承 Alors reste à la maison. 那你就呆在家裡吧。
這幾天我沒什麼食慾，晚上也睡不好。	Je n'ai pas d'appétit et dors mal la nuit ces jours-ci.
我感到渾身無力。	Je me sens molle. 承 Vous êtes enrhumée, je crois. 我認為你感冒了。
我發燒了，我得向上司請兩天病假。	J'ai de la fièvre, je dois demander deux jours de congé maladie auprès du directeur.
今天好多了。	Je vais mieux aujourd'hui. 同 Ça va mieux aujourd'hui.
您的臉色不好！	Vous avez une mauvaise mine! 反 Vous avez une bonne mine! 您的氣色很好！
你身體很虛弱，需要休息。	Vous êtes très faible. Vous avez besoin de repos! très 數量副詞，表示程度，修飾形容詞或副詞。
吸煙有害身體健康，你最好戒煙。	Fumer fait du mal à votre santé, il vaut mieux que vous arrêtiez de fumer. il vaut mieux que 引出的句子中用虛擬式。
您看起來精神狀態很好！	Vous avez l'air bien en forme!
您已經完全康復了。	Vous avez tout à fait guéri.

089.mp3

我覺得你的身體比以前好多了。	Je trouve que vous êtes plus en pleine forme qu'avant. 在此句中 avant 不是介詞，而是副詞，做時間狀語。
您總是很健康。	Vous êtes toujours en bonne santé! 承 Pas toujours, j'ai été malade il y a un mois. 不總是，一個月前我病過。
您怎樣保持健康呢？	Comment restez-vous en bonne santé? 承 Je fais souvent du sport. 我常做體育活動。
每個人都應該選擇健康的生活方式。	Il est nécessaire que chacun choisisse une façon de vivre plus florissante. choisisse 是 choisir 的虛擬式現在時變位。
越來越多的人關注他們的身體健康。	De plus en plus de gens font attention à leur santé. 反 Certains ne s'intéressent pas du tout à leur santé. 有些人根本不關注自己的健康。
應該常在戶外活動。	Il faut faire régulièrement du sport en plein air.
運動是保持健康和長壽的關鍵。	Le sport est la clé pour garder la santé et la longévité.
祝你早日康復！	Je vous souhaite un rétablissement rapide!
曬太陽有利於你的身體健康。	Prendre un bain de soleil fait du bien à votre santé.

關鍵字

傷風的	enrhumé	enrhumée
無力的	mou	molle
健康的	florissant	florissante

服飾

090.mp3

這是 2009 年新款裙子。	La robe appartient à la nouvelle collection 2009.
今年流行長裙。	Cette année, la mode est aux jupes longues. 反 Cette année, la mode est aux jupes courtes. 今年流行短裙。
這件外套今年很流行。	La veste est très à la mode cette année.
今年流行的顏色是什麼？	Quelle est la couleur à la mode cette année? 承 C'est le vert clair et le violet foncé. 是淺綠色和深紫色。
你平時穿什麼牌子的？	Quelle marque portes-tu d'ordinaire?
你有這個牌子的服裝嗎？	Avez-vous des habits de cette marque? 承 Oui, j'ai une robe, je la mets seulement pour des occasions très importantes. 有一件連身裙，我只在重要的場合穿它。
現在很多明星做服裝代言人。	Maintenant beaucoup de vedettes font les présentations de marque des vêtements. Maintenant 是時間副詞，在句子裡做時間狀語。
這是朗萬品牌的最新式樣。	C'est le dernier modèle de Lanvin.
這個品牌的衣服很受中年女性的喜歡。	Les vêtements de cette marque plaisent beaucoup aux femmes d'âge moyen.

091.mp3

這種式樣穿了顯得年輕，再說也不貴。	Il fait jeune, et il n'est pas cher du tout.
這款領帶和這件襯衫不是很搭配。	Cette cravate ne va pas très bien avec cette chemise. 同 Cette cravate n'est pas en harmonie avec cette chemise.
這款領帶和這件襯衫很搭配。	Cette cravate et cette chemise se marient bien.
這個顏色的衣服不適合我的膚色。	Les vêtements de cette couleur ne vont pas avec celle de ma peau.
這款大衣對於一個 18 歲的女孩子來說太嚴肅了。	Ce manteau est <u>trop</u> sérieux pour une fille de 18 ans. trop 是程度副詞副詞，修飾形容詞 sérieux。
這種褲子又流行起來了。	Ce genre de pantalon revient à la mode. 反 Ce genre de pantalon est déjà démodé. 這種褲子早就過時了。
這位女士穿着總是很入時。	Cette dame s'habille toujours à la dernière mode. 承 Bien sûr, ses habits sont tous de grandes marques. 當然了，她的服裝都是著名品牌的。
運動裝很受年輕人喜歡。	Les vêtements de sports sont bien aimés par les jeunes.
耐克、阿迪達斯是國際名牌，穿起來非常舒適。	Nike et Adidas sont de grandes marques internationales. C'est confortable de s'habiller.

關鍵字

動詞 **S'habiller** 的直陳式現在時變位

je m'habille	nous nous habillons
tu t'habilles	vous vous habillez
il (elle) s'habille	ils (elles) s'habillent

化妝

092.mp3

請問化妝品櫃枱在哪裡？	Pardon, où est le rayon des produits de beauté? 承 Au deuxième étage à gauche. 三樓左邊就是。
我想試試這款脣膏，可以嗎？	Est-ce que je peux essayer ce rouge à lèvres? 承 Oui, s'il vous plaît. 當然可以，請吧。 Oui 是肯定副詞，回答疑問句時，如要肯定就要用 Oui。
我還需要一支脣彩刷和一支脣膏。	J'ai encore besoin d'un pinceau spécial pour le rouge à lèvres et aussi d'un tube de rouge à lèvres.
在冬天，塗潤脣膏是非常必要的。	Une crème de base pour les lèvres est nécessaire en hiver.
我很喜歡這款脣膏，很時髦。	J'aime beaucoup ce rouge à lèvres, c'est très à la mode. 承 Vous avez raison, c'est une marque connue. 你說得對，這是名牌。
玫瑰色的腮紅是最自然的。	Pour un fard à joues, la couleur rose est la plus naturelle. 類 Des pommettes rosées sont le signe d'un bon teint naturel. 粉紅色的臉頰使臉色顯得健康自然。
這款香水味道很好。	Ça sent bon, ce parfum. 承 Oui, ça sent la fleur. 是的，是花香的味道。

093.mp3

我想找一款舒緩保濕的化妝水。	**Je voudrais un tonique apaisant et hydratant pour le visage.** 類 Je voudrais un tonique blanchissant pour le visage. 我想找一款有美白效果的化妝水。
我想選一款可以深層補水的保濕面霜。	**Je voudrais une crème hydratante pour hydrater la peau en profondeur.**
我需要一些能夠使妝容持久的建議。	**J'ai besoin de conseils sur le maquillage permanent.** 同 J'ai besoin de conseil sur le maquillage en permanence.
我需要一些能夠使妝容個性化的建議。	**J'ai besoin de conseils personnalisés sur le maquillage.** 同 J'ai besoin de conseils sur le maquillage personnalisé.
乾濕兩用粉底非常方便實用。	**Un fond de teint fluide et poudré est très pratique.** 類 Le fond de teint fluide est obligatoire pour le maquillage. 粉底液是化妝必不可少的。
這款粉底是專門為敏感肌膚打造的。	**Ce fond de teint fluide est spécialement conçu pour les peaux sensibles.** 類 Ce fond de teint fluide est spécialement conçu pour les peaux mixtes. 這款粉底是專門為混合性肌膚打造的。
這款眉筆的顏色非常自然。	**Les couleurs de ce crayon sourcils sont naturelles.** 類 La ligne est impeccable et l'effet est naturel. 線條完美，效果自然。

關鍵字

香水	le parfum	敏感皮膚	la peaux sensible
唇膏	le rouge à lèvres	美容產品	les produits de beauté
化妝	le maquillage	睫毛膏	le mascara

美容

🎧 094.mp3

女人每天都要使用護膚品保養。	Une femme doit prendre soin d'elle tous les jours en appliquant des produits de beauté.
您的皮膚真好，怎麼保養的？	Vous avez une jolie peau, comment l'entretenez-vous?
您每天出門都塗防曬霜嗎？	Utilisez-vous de la crème antisolaire quand vous sortez? 承 Oui, c'est nécessaire. 是的，這是必須的。
我習慣化了妝出門。	J'ai l'habitude de me maquiller avant de sortir.
我多吃水果和蔬菜美容。	Je mange beaucoup de fruits et de légumes pour la beauté.
我每天保證充足的睡眠。	J'assure un sommeil abondant chaque jour.
熬夜對皮膚非常不好，因此我每天晚上 11 點必須睡覺。	Veiller la nuit est très mauvais pour la santé. Je me couche donc absolument à 11 heures du soir.
我每周都會去美容院做一次面部保養。	Je fais un soin du visage une fois par semaine au salon de beauté.
濕潤的皮膚使得妝容保持更長久。	Sur une peau bien hydratée, le maquillage tient plus longtemps.

095.mp3

這款迪奧的精華露含有豐富的維他命 E。	Ce nouveau sérum de DIOR est riche en vitamine E.
維他命 E 可以使皮膚保持年輕。	La vitamine E permet de conserver une peau plus jeune.
你每天晚上都按摩臉部嗎？	Faites-vous du massage facial tous les soirs? 承 Oui, j'en fais tous les jours. 是，我每天都在堅持。
我的皮膚太乾了，有什麼好辦法嗎？	Ma peau est très sèche, y a-t-il une bonne solution? 承 Vous pouvez aller demander au salon de beauté. On y trouve des produits spéciaux. 你可以去美容院問問，他們有特殊產品。
油性皮膚應該用保持皮膚彈性的抗皺霜。	La peau grasse a besoin d'une crème antirides luttant contre la perte d'élasticité. Ma mère a la peau grasse. 我媽媽是油性皮膚。 La peau grasse a besoin d'une crème anti-rides luttant contre la perte d'élasticité. 油性皮膚應該用保持皮膚彈性的抗皺霜。
抗皺的美容產品總是效果不理想。	Les produits antirides sont toujours inefficaces.
抗皺的美容產品價格總是很貴。	Les produits antirides sont toujours très chers. toujours 是時間副詞，表示“總是、始終”等意思。
有沒有祛痘不留痕的方法呢？	Existe-il des solutions pour traiter l'acné sans laisser de traces? 類 Y a-t-il des solutions contre l'acné? 有沒有防止起痘的方法呢？
怎樣選擇面膜呢？	Comment choisir le masque? 承 Il vaut mieux le choisir selon votre type de peau. 最好根據你的皮膚類型選擇面膜。

096.mp3

我是敏感皮膚，應該用哪種面膜呢？	J'ai la peau sensible, quel masque dois-je prendre? 承 Essayez le masque apaisant. 試試舒緩面膜吧。
這種面膜需要用溫水洗去。	Ce masque doit être rincé à l'eau tiède. 反 C'est un masque sans rinçage. 這是一種免洗的面膜。
這款保濕乳液適合乾燥皮膚使用。	Ce lait hydratant est parfait pour la peau sèche. 類 Ce lait hydratant est parfait pour la peau sensible. 這款保濕乳液適合敏感皮膚使用。
這樣皮膚會保持清爽滋潤。	La peau reste alors fraîche, souple et douce.
這樣皮膚會保持柔軟滋潤。	Ainsi, la peau reste souple et douce. ainsi 是方式副詞，表示動作的進行方式。
請給我一些如何使用面霜的建議。	Donnez-moi des conseils d'utilisation de la crème.
每天早上潔面後將面霜塗在面部及頸部。	Appliquez votre crème le matin sur le visage et le cou bien nettoyés.
用指尖輕柔按摩使之滲透到皮膚中。	Faites pénétrer la texture en massant délicatement du bout des doigts.
每晚清潔皮膚使皮膚得到呼吸是很重要的。	Il est très important de se nettoyer la peau tous les soirs afin de l'oxygéner.
去角質可以促進皮膚新生。	Le gommage peut faire la peau neuve. 類 En éliminant les cellules mortes, on stimule son renouvellement cellulaire. 去死皮可以促進皮膚細胞再生。

097.mp3

每周應該去幾次角質？	Combien de fois par semaine peut-on faire de gommage? 承 Une fois par semaine, ça suffit. 每周一次即可。 Combien 是疑問副詞，問“數量是多少”。
精油是現在非常流行的美容產品。	Les huiles essentielles sont très à la mode pour la beauté aujourd'hui. 類 Les huiles essentielles sont une nouvelle tendance en matière de beauté. 精油是現在的美容新趨勢。
怎樣選擇精油？	Comment choisir l'huile essentielle?
買精油之前要先在手腕上測試一下。	Il faut faire un test sur votre poignet avant d'acheter l'huile essentielle.
怎樣對抗黑眼圈？	Comment lutter contre les cernes?
你可以用眼膜消除黑眼圈。	Tu peux utiliser les masques contours des yeux pour éliminer les cernes.
修指甲也是美容的一項。	Se faire les ongles est aussi une sorte de soin de beauté.
你經常去修指甲嗎？	Vous allez souvent vous faire faire les ongles? 承 Une fois par mois. 一個月一次。
我想塗指甲油。	Je voudrais mettre du vernis à ongles.
我要用淺色指甲油。	Je veux un vernis à ongles pâle.

關鍵字

臉 le visage
維他命 la vitamine
按摩 le massage
美容院 le salon de beauté
油性皮膚 la peau grasse
面膜 le masque

健身

🎧 098 mp3

最近到處都掀起了健身熱潮。	Récemment, il y a partout une vague de fitness. partout 是地點副詞，表示動作發生的地點。
我常聽別人説起健身這個話題。	J'entends parler souvent de fitness.
你在哪裡健身呢？	Où fais-tu du fitness?
我參加了健身俱樂部。	Je me suis inscrit à un club de fitness.
俱樂部裡有很多健身設備。	Dans le club il y a beaucoup d'équipements de fitness.
有跑步機、杠鈴、健身單車等很多器械。	Il y a des tapis de course, des haltères, des vélos d'appartement, etc.
鍛煉初期，強度不宜過大。	Les exercices ne doivent pas être trop intensifs au début.
您制定健身計劃了嗎？	Avez-vous fait un projet de fitness? 承 Oui, le voilà. 制定了，這就是。
要根據自己的身體狀況來選擇合適的方式。	Il faut choisir la méthode selon notre condition physique.
你可以選擇你喜歡的器械。	Tu peux choisir l'appareil que tu aimes.

099.mp3

我喜歡在跑步機上跑四十分鐘。	J'aime le tapis de course sur lequel je fais de la course pendant 40 minutes.
我也喜歡健美操、拉丁舞。	J'aime aussi l'aérobic et la danse latine.
你每周去幾次健身俱樂部？	Combien de fois vas-tu au club par semaine? 承 Trois fois au moins. 至少三次。 au moins 是數量副詞。數量副詞表示動作的數量和性質的程度。
你願意加入我們的俱樂部和我一起健身嗎？	Veux-tu me joindre à notre club pour le fitness?
那裡的費用很高嗎？	Ça coûte très cher? 承 Ça ne coûte pas très cher, tu peux payer par mois ou par saison. 不是很高，你可以按月或按季度繳費。
有點貴，不過我們有專門的教練為每個人指導。	Ça coûte un peu cher, mais on a un entraîneur spécial pour chacun.
教練會根據你的情況制定健身計劃。	L'entraîneur va t'aider à faire un programme de fitness selon ta condition physique.
你能給我介紹女教練嗎？	Peux-tu me présenter une femme entraîneur?
聽説瑜伽很有助於健身。	J'ai entendu dire que le yoga fait du bien à la santé.
剛開始學瑜伽很累，渾身哪兒都疼。	Au début, le yoga est fatigant, on a mal partout.
瑜伽是美國最流行的運動。	Le yoga est un sport à la mode aux Etats-Unis.

100.mp3

瑜伽是減肥的好辦法。	Le yoga est un bon moyen pour perdre du poids.
有時在俱樂部裡認識的朋友們一起去喝咖啡，聊天。	Parfois, je vais au café avec des amis du club pour bavarder.
我很高興不僅鍛煉身體，而且認識了很多新朋友。	Je suis très contente de connaître de nouveaux amis en faisant du fitness.
如果不方便參加俱樂部的話，也可以在家裡做健身運動。	Si ça ne vous convient pas, vous pouvez aussi faire du fitness à la maison.
上下樓梯也是健身的一項很好的運動。	Monter et descendre l'escalier, c'est aussi un bon sport pour la santé.
健身不限在室內。	Le fitness ne se limite pas à se faire qu'à l'intérieur.
你可以早晨和晚上外出散步或慢跑。	Vous pouvez vous promener ou faire du jogging dehors le matin et le soir.
我喜歡慢跑。	J'aime le jogging.
慢跑運動現在很流行，它源自於美洲。	Le jogging est très populaire, ça vient d'Amérique.
每天看到很多人在公園裡練太極拳、跑步。	Chaque jour on voit beaucoup de monde pratiquer la boxe de Taiji et faire de la course.
這些健身運動不用花錢。	Ces sports, on n'a pas besoin de payer. 反 Ces sports, il faut payer énormément. 這些健身運動要花很多錢。

101.mp3

健身貴在堅持。	Pour le fitness, c'est important de persévérer. 承 Oui, c'est vrai. Beaucoup de monde s'arrêtent en chemin. 確實這樣。很多人都半途而廢。
我以前也參加過健身俱樂部，但沒有堅持下來。	J'ai participe à un club de fitness, mais je n'ai pas pu persister.
任何時候健身都不算晚。	Il n'est jamais trop tard pour faire du fitness. ne jamais 否定副詞，簡單時態中放在謂語的兩側，在複合時態中放在助動詞的兩側。
您必須堅持健身了，您現在開始發胖了。	Vous devez persévérer, vous commencez à grossir.
我需要定期運動修身了。	J'ai besoin de faire du fitness régulièrement.
我現在每天走 3 公里。	Je marche 3 kilomètres chaque jour. 承 Quand? 什麼時候？ Le soir, parce que je n'ai pas le temps dans la journée. 晚上，因為白天沒有時間。
您還做別的健身運動嗎？	Faites-vous d'autres exercices? 承 Je vais au club de fitness ce week-end. 周末我去健身俱樂部。
您看起來很精神。	Vous avez l'air d'être plein de dynamisme. 同 Vous avez l'air d'être débordant d'énergie.
多虧您的提醒，我每天堅持鍛煉。	Grâce à votre rappel, je fais du sport chaque jour. Je dois vous en remercier.
我最近感到身體很輕鬆，腦子很清醒。	Récemment, je me sens très détendu et très claire dans mon esprit.

102.mp3

以前我經常感到疲倦，無力。	Avant j'étais toujours fatiguée, molle.
現在感覺完全不一樣了。	Maintenant je me sens tout à fait différent.
你健身多長時間了？	Depuis combien de temps faites-vous du fitness? 承 Depuis trois mois. 三個月了。
你都做了哪些健身運動？	Quelles activités de sport faites-vous? 承 Je marche, je saute à la corde, je fais du badminton. 走路、跳繩、打羽毛球。
現在最流行的運動是快步走。	Marcher vite est un sport de plus en plus à la mode ces derniers temps.
走路對身體有利無害。	La marche fait du bien à la santé. 反 La marche fait du mal à la santé. 走路對身體有害。
運動是保持健康和長壽的關鍵。	Le sport est la clé pour garder la santé et la longévité.
做運動是健身的重要步驟，但也要與飲食結合。	Faire du sport est une mesure importante pour la santé, mais il faut le combiner avec la nourriture.
平時應該多吃含維他命的水果。	Il faut prendre des fruits riches de vitamines en temps ordinaire.

關鍵字

健身 le fitness
俱樂部 le club
瑜伽 le yoga
跑步機 le tapis de course
減肥 perdre du poids
慢跑 le jogging

減肥

103.mp3

現在減肥成了時尚話題。	Maintenant l'amaigrissement est devenu le sujet à la mode.
人們注意自己的身材，尤其是女性。	Tout le monde fait attention à sa silhouette, surtout les femmes.
我得減肥了。	Je dois mincir.
剛剛過完春節，我的體重又增加了不少。	La Fête du printemps vient de passer, j'ai pris du poids.
我胖了 3 公斤。	j'ai pris 3 kilos.
有的衣服都穿不進去了。	Je ne peux même pas me mettre dans quelques-uns de mes vêtements.
我以前的衣服有點窄了。	Mes anciens vêtements sont un peu étroits pour moi. un peu 是數量副詞，在句子中修飾 étroits。
您看起來胖了不少。	Il me semble que vous avez beaucoup grossi.
愁死我了，我的腰圍這麼大。	Je suis tourmentée, j'ai pris du tour de taille.
商店裡有好多漂亮的衣服，但我都不能穿。	Il y a beaucoup de beaux vêtements dans les magasins, mais je ne peux pas en porter.

104.mp3

你節日期間是不是太貪吃了？	Tu as été trop gourmande pendant la fête, n'est-ce pas? 承 Oui, j'ai mangé bien des choses contenant trop de calories. 我吃了很多熱量多的食物。
我決定要在上班之前減肥。	Je me décide à perdre du poids avant d'aller au travail. 同 J'ai décidé de maigrir avant d'aller au travail.
你現在這樣很好，不需要減肥。	Tu es bien comme ça, tu n'as pas besoin de maigrir.
你看起來不是很胖。	Tu n'as pas l'air trop gros. 同 Tu ne sembles pas trop gros.
你再瘦就皮包骨了。	Si tu maigris encore, tu n'auras que les os et la peau.
太瘦並不代表健康。	Etre trop mince ne signifie pas être en bonne santé. 同 La minceur ne veut pas dire qu'on est en bonne santé.
你要採取什麼方式減肥呢？	Quelles mesures prendras-tu pour maigrir? 承 Je fais du sport et je suis un régime. 我運動並控制飲食。
我的醫生規定我嚴格按特定食譜進餐。	Mon médecin me fait suivre un régime sévère.
以前為了減肥我進行體育鍛煉，可是效果不明顯。	Avant, j'ai fait du sport pour perdre du poids, mais le résultat n'a pas été évident.
要想減肥就要堅持運動。	Il faut persister à faire du sport pour maigrir.
我每天都在想鍛煉，但始終堅持不下來。	Je veux toujours faire des exercices, mais je ne peux pas continuer.

105.mp3

我很喜歡跳舞，又快樂又減肥，這太好了。	J'aime bien danser. C'est plaisant de maigrir en dansant. C'est formidable.
現在我每天早晨徒步走 40 分鐘。	Tous les matins, je marche pendant 40 minutes. Tous les matins 是時間副詞，可以放在句首或句尾。
最近減肥有點效果了嗎？	Ton projet d'amaigrissement a-t-il un résultat? 承 Oui, un petit peu. Tout le monde dit que j'ai maigri. 有點效果，大家都説我瘦了。
控制飲食是減肥的常用方法。	Suivre un régime est un moyen usuel.
我覺得身體健康比減肥更重要。	Je pense que la santé est plus importante que le régime.
我很想減肥，但控制不住飲食。	Je veux perdre du poids, mais je ne peux pas contrôler ma nourriture.
我總是餓，怎麼辦呢？	J'ai toujours faim. Comment faire?
減肥成了我最大的問題。	Perdre du poids est devenu mon plus gros problème. 承 Tu es toujours gourmande, comment peux–tu perdre du poids? 你總是那麼饞，能減肥嗎？
聽説針灸對減肥很有效果。	J'ai entendu dire que l'acuponcture est efficace pour maigrir. 承 Malheureusement, j'ai peur de l'acuponcture. 很不幸，我害怕針灸。
這些菜太好吃了，今天我不減肥了。	Ces plats sont délicieux, je ne suis pas le régime aujourd'hui.

106.mp3

報紙上登了減肥廣告了。	On a publié une annonce de solution amincissante dans le journal.
我特別愛吃零食。	En particulier, j'aime grignoter.
你應該養成不吃零食的習慣。	Tu dois cultiver l'habitude de ne pas faire de collations.
只要適當控制飲食，再加上鍛煉，一定能減肥。	Tant que tu contrôles ton alimentation, tu pourras certainement perdre du poids.
幾天不見，你瘦了很多。	On ne s'est pas vu quelques jours, et tu as beaucoup maigri.
我最近一直在減肥。	Récemment, je fais des efforts pour perdre du poids.
你做什麼運動？	Que fais-tu comme sport? 承 Je cours, saute à la corde, danse. 跑步、跳繩、跳舞。
我瘦了 5 公斤。	J'ai perdu 5 kilos.
你沒有白努力，我真替你高興。	Tu n'as pas fait d'efforts pour rien, je suis content pour toi.
你看起來比以前更有活力了。	Tu sembles plus dynamique qu'avant.
你真的很有毅力。	Tu as vraiment de la persévérance. 類 Quelle persévérance! 你真有毅力！
好多漂亮的衣服，現在我能穿了，我太高興了。	Je suis très contente de porter de beaux vêtements maintenant.

107.mp3

中國人吃得太油膩。	Les Chinois prennent les repas très gras.
經常有些人為了減肥不吃飯。	Souvent certains ne prennent pas de repas pour maigrir. 承 Je ne suis pas de ce moyen. Cela est nocif pour la santé. 我不贊成這種做法，這對身體有害。 Souvent 是時間副詞，表示動作進行的時間。
她太了不起了。	Elle est formidable.
只是減下來不夠，還要堅持鍛煉和控制飲食。	Il ne suffit pas de maigrir, il faut continuer de faire du sport et de suivre le régime.
要不然白費了。	Sinon tout est en vain.
麵包和米飯吃多了容易發胖。	Si on prend beaucoup de pain et de riz, on grossit facilement.
那得吃什麼？	Alors, qu'est-ce qu'on doit manger?
應該多吃水果和蔬菜。	Il faut prendre beaucoup de légumes et de fruits.
你可以去諮詢醫生如何減肥。	Vous pouvez consulter un médecin pour savoir comment maigrir.
我堅持針灸了一個月，但一點效果都沒有。	J'ai fait de l'acuponcture, mais il n'y a eu aucun résultat efficace pour moi.

關鍵字

變苗條 mincir
變胖 grossir
變瘦 maigrir
節食 le régime
吃零食 grignoter
針灸 l'acuponcture

唱歌

108.mp3

你喜歡什麼類型的歌曲？	Vous préférez quel genre de chansons?
我喜歡老歌。	J'aime bien les chansons anciennes.
我喜歡流行歌曲。	J'aime bien les chansons populaires.
我喜歡英文歌曲。	J'aime bien les chansons anglaises.
唱英文歌曲可以提高英語水平。	Les chansons anglaises nous permettent d'élever notre niveau d'anglais.
歌唱在我的生活中佔有很重要的地位。	Le chant occupe une place très importante dans ma vie quotidienne.
歌唱對我來說是一種娛樂活動。	Pour moi, le chant est une activité de divertissement. 類 Je considère le chant comme une activité de divertissement. 我把歌唱當作一種消遣。
歌曲可以陶冶情操。	Le chant pourrait cultiver des sentiments nobles. pourrait 是 pouvoir 的條件式現在時的變位。
歌唱使我愉快。	Le chant me rend joyeux. 反 Le chant me rend triste. 歌唱使我傷心。
我習慣在唱歌之前喝點紅酒。	J'ai l'habitude de boire du vin rouge avant de chanter.

109.mp3

我一不開心就去唱歌，這樣我的心情就會平靜了。	Dès que je suis de mauvaise humeur, je vais chanter au karaoké et je me sens plus calme.
歌唱已經成為我生活的一部分了。	Le chant est devenu une partie de ma vie. 類 Pour moi, le chant est important dans ma vie. 對我來說，歌唱在我的生活中很重要。
您唱歌一定很好聽。	Vous chantez certainement bien. 反 Vous chantez certainement mal. 你唱歌一定很難聽。 certainement 是肯定副詞，表示對動作或狀態的肯定。
只要多唱，多練，每個人都能成為一個好的歌手。	A condition qu'on s'exerce à chanter, chacun pourrait devenir un bon chanteur.
我喜歡邊唱邊跳，就像歌詞裡唱的“身體也會唱歌”。	J'aime chanter tout en dansant, comme on le décrit dans une chanson “Le corps sait aussi chanter”.
我聽過這首歌。	J'ai écouté cette chanson.
他舞跳得和唱歌一樣好。	C'est ça, il danse aussi bien qu'il chante. aussi 是數量副詞，表示程度。
哪位歌星是您的偶像？	Quelle vedette de la chanson est votre idole? 類 Qui est le chanteur que vous aimez le plus? 您最喜歡的歌手是誰？

關鍵字

chanter 的直陳式現在時變位

je chante	nous chantons
tu chantes	vous chantez
il (elle) chante	ils (elles) chantent

八卦

110.mp3

這是小道消息，別相信。	Ce sont des bruits de couloir, ne le crois pas.
有些消息真是無中生有。	Certaines nouvelles sont inventées.
你喜歡看八卦雜誌嗎？	Aimes-tu lire des revues à scandales? 承 Quelquefois，surtout quand je m'ennuie. 有時候看，尤其是無聊的時候。
我不喜歡看那種雜誌。	Je n'aime pas lire ce genre de revue.
這些八卦新聞真讓人受不了。	Ces commentaires sont vraiment insupportables.
你別這麼說三道四。	Ne cancane pas comme ça.
你這個習慣很不好，喜歡搬弄是非。	Tu as une mauvaise habitude. Tu aimes cancaner. 同 Tu aimes faire des potins.Tu aimes faire battre des montagnes.
不要散佈謠言，你能想到後果嗎？	Il ne faut pas semer de faux bruits, tu pourras imaginer le résultat apporté?
這種謠言會使人名譽掃地。	Ces rumeurs vont perdre sa réputation. 同 Ces fausses nouvelles vont détruire sa réputation.
你的一句話使他喪失了信譽。	Une de tes paroles a entraîné sa déconsidération complète.

111.mp3

你說過他們夫妻感情很好，怎麼離婚了呢？	Tu as dit qu'ils s'entendaient bien, mais pourquoi ils ont divorcé?
你聽到這個傳聞了嗎？	As-tu entendu cette rumeur? 承 Oui. C'est vraiment surprenant. 是的，真令人吃驚。 vraiment 是肯定副詞，表示對狀態的肯定。
那個女演員有了私生子。	Cette actrice a un enfant illégitime.
他好像過去坐過牢。	Il semble qu'il a été en prison.
聽說他的女朋友離他而去了。	J'ai entendu dire que sa petite amie l'a quitté. 承 Pourquoi? Parce qu'elle a connu son passé. 因為她知道了他的過去。
如果不是出了意外，他們早結婚了。	S'il n'y avait pas eu cet imprévu, ils se seraient mariés plus tôt.
大家都說他們夫妻感情不和。	Tout le monde dit que ce couple ne s'entend pas bien. ne pas 是否定副詞，表示對動作的否定。
她們就是幾個長舌婦。	Elles sont des commères.
她們說的幾乎都是謠言，你不要相信。	Ce qu'elles ont dit est presque des rumeurs, n'y crois pas.

關鍵字

醜聞 le scandale	情婦 la maîtresse
搬弄是非 cancaner	意外 un imprévu
謠言 la rumeur	私生活 la vie privée

寵物

112.mp3

現在很多人養寵物。	Beaucoup de monde élèvent des animaux domestiques.
您養什麼寵物？	Quel animal domestique élevez-vous? 承 J'élève un chien. 我養狗。
養寵物成為一種時尚。	Elever des animaux domestiques est très à la mode.
現今很多老人養寵物以排解孤單。	Aujourd'hui, beaucoup de gens âgés élèvent des animaux domestiques pour esquiver la solitude. Aujourd'hui 是時間副詞，表示動作進行的時間。
您為什麼不養寵物呢？	Pourquoi n'élevez-vous pas d'animal?
我沒時間照顧寵物。	Je n'ai pas le temps de soigner un animal domestique.
請問附近有沒有寵物商店？	Y a-t-il un magasin d'animaux domestiques près d'ici?
我從沒養過寵物，但我很想養一隻。	Je n'ai jamais élevé d'animal, mais je veux bien en avoir un.
我不確定養哪種動物更合適。	Je ne suis pas sûr de quel animal me conviendrait.
這是我的寵物。	C'est mon animal de compagnie.

113.mp3

我喜歡有些特別的動物。	J'aime les animaux un peu particuliers. 類 Je n'aime pas les animaux qu'on voit souvent, par exemple, chien, chat. 我不喜歡常見的動物，如小貓、小狗。
我媽媽不喜歡動物，她不允許我養寵物。	Ma mère n'aime pas les animaux, elle ne me permet pas de les élever. 同 Ma mère n'aime pas les animaux, elle m'interdit de les élever.
動物容易養嗎？	Est-il facile d'élever des animaux? 承 C'est pas facile, il vaut mieux ne pas en avoir. 很不容易，最好別養了。
我建議您養金魚。	Je vous conseille d'élever des poissons rouges.
養魚一定要控制好水溫。	Il faut bien contrôler la température de l'eau pour élever des poissons.
我曾經養過一隻貓。	J'ai élevé un chat.
我的貓受傷了。	Mon chat est blessé. 類 Mon chat est tombé malade. 我的貓病了。
這幾天我的貓沒有胃口。	Ma chatte n'a pas d'appétit ces jours-ci. 承 Peut-être, est-elle tombée malade. 牠可能生病了。
我家貓生了一窩小貓。	Ma chatte a fait ses petits.
我們家貓很懶，哪兒也不去。	Notre chat est très paresseux, il reste toujours à la maison.
您家貓咪一天都幹什麼？	Qu'est-ce que votre chat fait toute la journée? 承 Rien, il dort seulement. 什麼都不做，只睡覺。

114.mp3

我已經有一隻寵物貓了，但我還想再養一隻。	J'ai déjà un chat, mais je voudrais en élever un autre.
我們家貓和狗相處得很好，從不打架。	Notre chat et notre chien s'entendent très bien, ils ne se querellent jamais.
這隻狗是您的嗎？	Est-ce que c'est votre chien? 同 Ce chien est à vous?
這隻狗是我的好夥伴。	Ce chien est de bonne compagnie. Chienne 為陰性名詞，“母狗”的意思。
為什麼您想養狗呢？	Pourquoi voulez-vous avoir un chien? 承 Parce que je me sens seul. 因為我感到孤獨。
我喜歡狗，因為牠對主人很忠誠。	J'aime bien les chiens, car ils sont fidèles à leur maître. bien 是方式副詞，用來修飾動詞。
我喜歡大狗。	J'aime bien les chiens de grande taille. 反 J'aime bien les chiens de petite taille. 我喜歡小狗。
您的狗好可愛啊！	Qu'il est charmant, votre chien! 同 Comme votre chien est charmant!
您的狗不把屋子弄亂嗎？	Votre chien ne met pas le désordre dans la chambre? 承 Non, il reste toujours calme dans un coin. 沒有，牠靜靜地呆在角落裡。
我散步時，我的狗總是陪着我。	Mon chien m'accompagne toujours quand je me promène.
冬天散步時，我給狗穿上毛衣。	Je mets un tricot de laine au chien quand on le promène en hiver.

115.mp3

我的狗不吃東西，怎麼辦？	Mon chien ne mange pas, comment faire? 承 Vous devez le mener chez le vétérinaire. 您應該帶牠去寵物醫院。
這是我新買的寵物狗。	C'est mon nouveau chien domestique.
這是我家狗的照片。	C'est la photo de notre chien. 類 C'est la photo de notre chat.
我家狗很乖，每天下午在門口等我女兒回來。	Notre chien est très sage, il attend ma fille devant la maison chaque après-midi.
牠搖尾巴迎接家人。	Il vient au devant de la famille en secouant la queue.
牠很會撒嬌，經常坐到我們的懷裡。	Il est très gâté, il se trouve souvent dans nos bras.
我的狗不見了，我很擔心。	Mon chien a disparu, je m'en inquiète. 承 Ne soyez pas pressé, on va le retrouver. 別着急，會找到牠的。
您的寵物多大了？	Quel âge a votre animal? 承 Il a huit ans, il est un peu vieux. 八歲，有點老了。
您家狗太胖了，要減肥了。	Votre chien est trop gros, il doit maigrir.
牠是什麼品種？	Quel genre de chien est-il? 承 Désolé, je suis profane dans ce domaine. 很抱歉，對這個我是外行。

關鍵字

貓 le chat	鳥 un oiseau
狗 le chien	金魚 le poisson rouge.
烏龜 la tortue	寵物 un animal domestique

語法 4：副詞的種類和用法

副詞是修飾動詞、形容詞和其他副詞的詞類，是沒有詞形變化的詞類之一。

1. 方式副詞：

方式副詞有 bien, ainsi, par hasard, vite 等，表示動作的方式或修飾形容詞和其他副詞，說明其性質或狀態的程度。

Il déclare franchement ses intentions.
他坦率地說明自己的意圖。

2. 數量副詞：

數量副詞有 beaucoup, trop, tellement, autant, moins, à peu près, au moins 等，表示動作的數量和性質的程度。

Le vent souffle très fort. 風猛烈地刮着。

3. 時間副詞：

時間副詞有 avant, demain, parfois, de temps en temps, souvent 等，表示動作進行的時間。

Je reviendrai tout de suite. 我很快回來。

4. 地點副詞：

地點副詞有 ailleurs, dedans, derrière, dehors, loin, partout 等，表示動作發生的地點或指出物體運動的方向。

Je n'habite pas ici. 我不住在這裡。

5. 肯定和否定副詞：

肯定和否定副詞有 certainement, oui, si, non, ne…pas, ne…jamais 等，表示對動作或狀態的肯定和否定。

Vous n'êtes pas Français? Si, je suis Français.
您不是法國人吧？不，我是法國人。

6. 疑問和感歎副詞：

疑問和感歎副詞有 comment, où, quand ; comme, que 等。

Comme vous êtes gentil! 您太好了！

Chapter 5

新聞話題

經濟

118.mp3

現在經濟形勢怎樣？	Comment est la situation économique mondiale?
可以說很不景氣。	On peut dire que c'est un marasme.
整個全世界面臨着嚴重的經濟危機。	Le monde entier fait face à une crise sérieuse.
我不太懂經濟。	Je ne comprends pas bien l'économie.
我覺得我們國家沒有太大變化。	Je pense qu'il n'y a pas de grand changement dans notre pays. dans 是介詞，加上名詞引出地點狀語。
最近最熱門的話題是什麼？	Quel est le sujet le plus recherché récemment?
經濟危機引發的原因是什麼？	Quelle est la cause de la crise financière mondiale?
現在報紙、電視、電台都在談論經濟危機。	On parle de la crise économique dans le journal, à la télévision et à la radio.
什麼是次按危機？	Qu'est-ce que la crise des subprimes?

119.mp3

次按危機是在美國風險抵押貸款機構破產而引起的的全球性的金融危機。	La crise des subprimes est une crise financière mondiale, déclenchée par un krach des prêts hypothécaires à risque aux états-Unis.
“次按危機”是什麼時候開始的？	Quand a commencé la crise des subprimes?
可以說這次金融風暴對中國影響很大。	On peut dire que cette tempête financière provoque une très grande influence sur la Chine.
美國是全世界的金融中心。	Les Etats-Unis sont un centre financier mondial.
2009 年，全球經濟可能近十多年來，首次呈負增長。	La croissance mondiale pourrait être négative en 2009 pour la première fois depuis des dizaines d'années.
工業生產水平是十二年以來的最低。	Le niveau de la production industrielle est au plus bas depuis douze ans.
據報道，華爾街大批金融機構紛紛倒閉。	Selon le reportage, un grand nombre d'institutions financières de Wall Street est fermé.
工廠倒閉、經濟倒退導致大量人失業。	Les fermetures d'usines, la récession économique obligent un grand nombre de personnes à être au chô mage.
這次經濟危機，首先受損失的是富人。	Cette crise a d'abord appauvri les riches. 類 Cette crise a d'abord heurté la classe moyenne. 這場危機首先損害中產階級的利益。
經濟危機給發達國家一次沉重的打擊。	La crise économique a porté un coup dur aux pays les plus développés.

120.mp3

經濟危機會持續很長時間嗎？	La crise économique va durer très longtemps? 承 Je pense qu'elle ne dure pas à court terme. 我覺得持續時間不能短。
經濟危機將會持續相當長的時間，帶來各種嚴重後果。	La crise économique va durer assez longtemps et avoir des conséquences graves.
每次經濟危機中，證券業和房地產業總是突然崩潰。	Lors de chacune de ces crises, la Bourse et l'immobilier se sont effondrés brutalement.
經濟危機使汽車行業損失慘重。	La crise économique frappe le secteur automobile de plein fouet.
2009 年，受經濟危機影響，法國的債務急劇膨脹。	La dette de la France explose en 2009 sous l'effet de la crise économique.
政府正在尋找措施增加購買力。	Le gouvernement cherche les solutions pour relancer le pouvoir d'achat. 介詞 pour+ 名詞或不定式引出目的狀語。
面對經濟危機，世界需要一個新的全球經濟秩序。	Face à la crise économique, le monde a besoin d'un nouvel ordre économique mondial.
中國也開始出現經濟危機。	La crise économique a déjà commencé dans la Chine.
中國的大部分的出口產品到美國市場。	La plupart des produits chinois sont exportés aux Etats-Unis.
中國深圳一家玩具公司倒閉了。	Une compagnie de jouets à Shenzhen en Chine a fait faillite.

121.mp3

你看見了吧，美國經濟打一個噴嚏，全世界都要感冒。	Voyez, l'économie américaine fait un éternuement, d'un coup le monde entier prend froid.
這個人口只有兩億多的國家，消耗着全世界 40% 的資源。	Le pays où il n'y a que deux cents millions d'habitants consomment 40% des ressources du monde.
美國出現經濟危機和我們國家有關係嗎？	La crise économique des états-Unis concerne notre pays? 承 Bien sûr, il y a une relation. 當然有關係了。
美國的經濟倒退了，那麼我們國家的出口就會受影響。	La récession économique américaine décline, nos exportations seront touchées naturellement.
現在已經有大量的訂單取消或者減少了嗎？	Il existe déjà de nombreuses commandes annulées ou réduites? 承 Oui, il y en a déjà beaucoup. 已經有不少了。
有一些企業被迫倒閉，導致大批員工下崗。	Certaines entreprises ont été contraintes de fermer, ce qui entraîne un grand nombre de salariés licenciés.
六千多個員工已下崗。	6000 salariés ont été licenciés.
這影響着就業和縮減消費需求。	Cela a un impact sur l'emploi et la demande des consommateurs.

關鍵字

債務 la dette
倒閉 la faillite
壓力 la pression
經濟危機 la crise économique
次按危機 la crise des subprimes
金融風暴 la tempête financière

治安

122.mp3

社會治安是在全世界各地令人擔憂的問題。	Les problèmes de la sécurité publique sont très inquiétants dans le monde entier.
昨天你聽電視新聞了嗎？	Est-ce que tu as vu les actualités à la télévision?
發生了自殺式爆炸事件。	Il y a eu un attentat- suicide. 承 Ces terroristes sont terribles. Ils ne veulent même pas de leur vie. 這些恐怖分子真嚇人，命都不要了。
他們為什麼這麼做呢？	Pourquoi font-ils ainsi? 承 C'est difficile à expliquer. 這就很難説了。
恐怖分子在昨天燒毀了好幾輛汽車和房屋。	Hier soir, des terroristes ont brûlé plusieurs voitures et quelques maisons.
聽説昨晚在巴黎郊區有人燒毀了一輛警車。	J'ai entendu dire hier soir qu'on a brûlé une voiture de police dans la banlieue parisienne.
好多學生上街遊行，最近巴黎的治安很令人擔心。	Beaucoup d'étudiants font des manifestations dans la rue. L'ordre public de Paris est très inquiétant.
聽説是遊行的原因主要來自於對政府的不滿。	On dit que la raison de la manifestation est qu'on n'est pas content du gouvernement.

123.mp3

上個星期泰國發生暴亂，引起社會動蕩。	Il y a eut une rébellion violente en Thaïlande la semaine dernière, la sécurité est instable et troublée.
社會治安問題嚴重影響了泰國的旅遊業。	Le problème de la sécurité influence négativement le tourisme en Thaïlande. en+ 名詞引出地點狀語，en 後面引出的名詞，一般省略冠詞。
出國旅遊要慎重，儘量選治安好的國家。	Il faut être prudent pour aller voyager à l'étranger et essayer de choisir un pays paisible.
社會治安穩定有利於促進社會和諧。	La stabilité de la sécurité publique favorise l'harmonie de la société.
由於治安好，這個小區得到了很多富人的青睞。	Grâce à la bonne réputation de sécurité, ce quartier est très apprécié par les riches. 同 En raison de la bonne réputation de sécurité, les maisons de ce quartier se vendent bien chez les riches.
在這裡總是看到治安人員來回巡邏。	On voit souvent que les gardes de surveillance patrouillent dans le quartier.
進這個小區必須登記。	On doit s'inscrire pour entrer dans ce quartier. 承 Ça, c'est très compliqué. 這太麻煩了。
看來這個小區一定很安全。	Il semble que ce quartier est sûr.
我也想在這裡購房了。	Je veux aussi y acheter un appartement.
現在經濟很不景氣，偷竊事件經常發生。	Comme la situation économique n'est pas bonne, il y a souvent des actes de vol.
聽說你住的小區最近治安狀況不太好。	J'ai entendu dire, récemment, que la sécurité publique dans le quartier où tu habites n'est pas très bonne en ce moment.

124.mp3

這個街區有很多小偷。	Il y a beaucoup de voleurs dans ce quartier.
你家沒丟什麼東西嗎？	Est-ce que vous n'avez pas perdu quelque chose?
聽說昨晚有人在走廊裡被搶劫了。	J'ai entendu dire que quelqu'un a été pillé hier. 承 J'ai entendu quelqu'un crier, mais je n'ai pas osé sortir. 我聽見了有人喊，但我沒敢出去。
據說沒有大的損失。	D'après le reportage, il n'y a pas de dommages importants.
我的單車不見了！	Je ne vois plus mon vélo. 承 Où l'as-tu mis? 放哪兒了？ Je l'ai mis en bas il y a une heure. 一個小時前放在樓下了。
有一天，我的背包在火車上被人偷了。	Un jour on m'a volé mon sac à dos dans le train.
包裡有貴重物品嗎？	Y a-t-il des objets de valeur dedans? 承 Porte-monnaie, cartes de banque, carte d'identité, etc. 有錢包、銀行卡、身份證等。
在大城市的火車站附近總是有很多小偷。	Il y a souvent des voleurs près de la gare dans les grandes villes.
在主要商業街經常有不少路人的手機被偷。	Il y a pas mal de voleurs qui volent le portable des passants dans les rues commerciales. 介詞 de 引出數量副詞補語。
有一天，小偷正偷我手機時被我發現了。	Un jour, j'ai découvert un voleur qui me volait mon portable.

125.mp3

在巴士上要提防小偷。	On doit se garder des voleurs dans les bus.
巴士上擁擠，小偷利用這個機會偷竊。	On se presse toujours dans les bus, les voleurs en profitent pour dérober des objets.
有一次我坐巴士時遇見了小偷。	J'ai rencontré une fois un voleur dans un bus.
他偷你的東西了嗎？	Il a volé quelque chose?
他的手伸進我的包裡面時，被我發現了。	Quand sa main entrait dans mon sac, je l'ai remarquée.
他們太不像話了。	Ils sont très irraisonnables.
在節假日期間，治安問題至關重要。	Pendant les jours de vacances, le problème de sécurité joue un rôle très important.
女孩子最好避免夜晚獨自出門。	Il vaut mieux que les filles ne sortent pas toute seule pendant la nuit.
我覺得日本是個治安比較不錯的國家。	Je trouve que le Japon est un pays où la sécurité publique est assez garantie.
你不害怕嗎？	N'avez-vous pas peur? 承 Non, je n'ai jamais senti la peur. 從來沒感到害怕過。
很少看見小偷及不三不四的人。	On y voit rarement des voleurs et des vilains individus.

關鍵字

安全 la sécurité
恐怖分子 le terroriste
叛亂 une rébellion
示威遊行 la manifestation
房子 un appartement
小偷 le voleur

環保

126.mp3

環境變化開始於上個世紀八十年代。	Le changement environnemental a commencé dans les années 80 du siècle dernier.
每個國家都有環境保護的組織機構。	Chaque pays possède des organisations pour la protection de l'environnement.
很多國家採取了一系列的環保措施。	Beaucoup de pays ont adopté une série de mesures pour protéger l'environnement.
中國是第一個實施環境保護計劃的國家之一。	La Chine est un des premiers pays à adopter le programme du changement environnemental.
每個人都應該提高環保意識。	Tout le monde prend plus conscience de la protection de l'environnement.
我們應該意識到環保的重要性。	Nous devons prendre conscience de l'importance de la protection de l'environnement. prendre conscience de 是固定短語，表示意識到……。
地球上的資源是有限的。	Les ressources sur la Terre sont très limitées.
抵制那些不保護自然的產品。	Boycottez les produits qui ne respectent pas la nature.
鼓勵回收所有的有用的物品。	Favorisez le recyclage de tous les objets usagés utiles.

127.mp3

全球變暖是個複雜的問題。	Le réchauffement global est un problème compliqué.
人類的活動影響着環境和自然。	Les activités humaines sont étroitement reliées à l'environnement et la nature.
我記得小的時候天氣沒有這麼熱。	Je me souviens clairement que quand j'étais petit, il ne faisait pas aussi chaud qu'aujourd'hui.
我們經常聽到有人砍伐森林。	Nous entendons souvent parler de la déforestation. 介詞 de 引出間接賓語。
你最關心的外部環境污染問題是什麼？	Quel est le problème de pollution de l'environnement auquel tu t'intéresses le plus?
水污染問題是最值得關心的問題之一。	Le problème de l'eau polluée est un de ceux qui sont les plus importants.
人喝了污染的水，就患疾病。直接危及到人的生命。	Si on boit de l'eau polluée, on attrape des maladies.
由於水受到污染，造成大批的魚死亡。	Comme l'eau est polluée, on voit souvent une grande quantité de poissons morts.
你覺得我們每天呼吸的空氣怎樣？	Comment trouvez-vous l'air que nous respirons tous les jours? 承 Il est gravement pollué. 空氣嚴重受到污染。
影響空氣質量的因素有很多。	Il y a beaucoup d'éléments qui polluent l'air.
去年夏天我和朋友去鄉下玩，那裡的空氣真好。	L'année dernière je suis allée voyager à la campagne dont l'air était vraiment pur. 介詞 à+ 名詞引出地點狀語。

128.mp3

現在市區來往車輛越來越多，直接影響市內空氣。	Maintenant il y a beaucoup de voitures en ville, ce qui influence directement l'air de la ville.
我們出門時儘量坐巴士。	Nous nous déplaçons autant que possible avec les transports en commun.
我發現您最近很少開車出門。	Je remarque que vous sortez rarement en voiture. 承 Vous avez raison. Je contribue un peu à la protection de l'environnement. 您說對了，我為保護環境做點貢獻。
不少動物的滅絕與生態失去平衡有直接的關係。	La disparition d'animaux a des relations directes avec la perte de l'équilibre écologique.
這關係到我們的健康以及可持續發展。	Il est relié à notre santé et au développement durable.
好多原因來自於人們破壞大自然。	Il y a plusieurs raisons à l'origine de la destruction de la nature par l'homme. Savez-vous pourquoi la Terre se réchauffe? 您知道為什麼地球變暖嗎？ Il y a plusieurs raisons à l'origine de la destruction de la nature par l'homme. 好多原因來自於人們破壞大自然。
政府呼籲節約用水。	Le gouvernement appelle à épargner l'eau.
地下水資源越來越緊張。	Les ressources d'eau souterraines sont de plus en plus insuffisantes.
不用水時，趕緊關掉水龍頭。	Il faut fermer le robinet quand on ne l'utilise plus.
不要浪費水。	Ne gaspillez pas l'eau.

129.mp3

我們國家為污水處理制定了一系列的措施。	Notre gouvernement a établi une série de mesures pour le traitement des eaux usées.
看來國家還得加大力度整治污水處理。	Il semble que le gouvernement doit encore faire des efforts pour le traitement des eaux usées.
聽説有些工廠白天把污水放到處理池裡，晚上沒人時就排放到河裡。	J'ai entendu dire qu'il y a certaines usines qui pendant la journée mettent l'eau polluée dans des bassins de traitement et qui le soir, quand il n'y a plus personne, l'évacue dans la rivière.
聽説好多動物滅絕了，而且有些珍貴動物現存的數量很少。	On dit que pas mal d'animaux ont disparu, et que certains animaux précieux se font de plus en plus rares.
我們可以多使用太陽能。	Nous pouvons utiliser plus d'énergie solaire.
你用太陽能熱水器嗎？	Est-ce que vous utilisez le chauffe-eau solaire? 承 Oui, je l'utilise depuis dix ans, c'est vraiment pratique，surtout en hiver. 是的，我用十年了，尤其在冬天很方便。
我家洗澡、洗衣服都用太陽能加熱的水。	J'utilise le chauffe-eau solaire pour nous laver et laver le linge.
我們減少使用塑膠袋子。	On doit diminuer l'utilisation des sacs en plastique.
去超市購物儘量不使用塑膠的袋子。	Essayez de ne pas utiliser des sacs en plastique en faisant des achats. 介詞 en 引出材料狀語。
現在超市不提供塑膠袋。	Maintenant le supermarché ne fournit plus de sacs en plastiques. 承 Vous devez apporter un sac ou en acheter un. 您得帶袋子或者花錢買一個。

130.mp3

超市賣環保袋，您可以買到。	Le supermarché vend des sacs écologiques, vous pouvez en acheter un.
每次去超市時，你別忘了帶環保袋。	Chaque fois que tu vas au supermarché, n'oublie pas d'apporter ton sac écologique.
節約能源也是環保的一項。	Ménager de l'énergie est une sorte de protection de l'environnement.
離開房間時我們要關掉燈。	On doit éteindre les lampes quand on sort de la pièce.
沒有人看電視的時候要把它關掉。	On doit éteindre la télévision quand personne ne la regarde.
我們應該把看完的報紙存起來。	Nous devons réserver les journaux lus.
不買那些沒有必要的東西。	N'achetez pas de choses superflues. 類 N'achetez que des choses nécessaires. 只買必需品。
告誡小朋友們要尊重環境。	Apprenez aux enfants à respecter l'environnement.
不要傷害樹木和綠草。	Ne blessez pas les arbres et les plantes vertes. 同 Prenez soin ou il faut prendre soin des arbres et des plantes vertes.
不要把垃圾扔在路上。	Ne jetez pas les ordures sur la route. 介詞 sur 引出地點狀語。
吸煙問題是世界範圍內討論的焦點。	Le problème de fumer est le point essentiel de discussion dans le monde.
他們太害人害己了。	Ils nuisent aux autres autant qu'à eux-mêmes. 承 Ils pensent seulement à l'économie d'un grand prix de revient. 他們只考慮節省一大筆成本。

131.mp3

香煙對吸煙者和非吸煙者的健康產生很大影響。	Les cigarettes ont une grande influence sur la santé des fumeurs et des non-fumeurs.
不要在公共場所抽煙。	Ne pas fumer dans les lieux publics.
酒吧裡的空氣太差了，到處煙霧籠罩。	L'air du bar est mauvais, toute la salle est enfumée.
您吸煙嗎？	Est-ce que vous fumez? 承 Non, avant je fumais beaucoup. Mais j'ai arrêté pour la santé. 我以前吸煙很多，現在為了健康不吸了。
為了自己、別人的身體健康最好戒煙。	Il vaut mieux arrêter de fumer pour sa santé et celle des autres.
為了健康我們應該多吃綠色食品。	Nous devons manger des produits verts pour la santé. 同 Nous devons manger des produits biologiques pour la santé.
我們吃的蔬菜也受到了污染，您知道嗎？	Les légumes que nous prenons sont aussi pollués, vous le savez?
我們儘量購買綠色蔬菜，價格貴也值得。	Nous devons acheter des légumes biologiques, cela en vaut la peine, même si le prix est très élevé.
為了保護我們的地球，我們共同努力吧。	Luttons ensemble pour la protection de notre Terre.

關鍵字

環境	un environnement	變化	le changement
保護	la protection	污染	la pollution
資源	les ressources	垃圾	les ordures

災害

132.mp3

災害有各種類型。	Il y a divers types de catastrophes. 介詞 de 引出名詞補語。
災害有兩類：自然災害和社會災害。	Les catastrophes sont liées à deux types de facteurs : naturels et sociaux.
自然災害是人無法控制的。	Les catastrophes naturelles sont hors du contrôle des personnes.
您覺得哪種自然災害最可怕？	Trouvez-vous quel genre de catastrophe le plus terrible? 承 Toutes les catastrophes sont effrayantes. 所有災害都令人可怕。
我覺得在自然災害中最可怕的是地震。	Je pense que le tremblement de terre est la plus terrible des catastrophes naturelles.
地震太可怕了，可以瞬間什麼都沒有。	Le séisme est horrible, il détruit tout instantanément.
這次地震造成了巨大的損失。	Le séisme a causé d'énormes pertes.
人和物質的損失是無法估量的。	Les pertes humaines et matérielles sont incalculables. 類 On ne peut pas estimer les dégâts du séisme. 無法估計地震造成的損失。
無數建築物被摧毀。	D'innombrables constructions ont été détruites. 類 Ce séisme a détruit d'innombrables constructions. 地震摧毀了無數建築物。

133.mp3

您聽説汶川大地震吧？	Avez-vous entendu parler du séisme du district de Wenchuan? 承 Oui, c'est un événement qui a bouleversé le monde entier. 聽説了，震動了整個世界。
汶川位於那個省？	Où se trouve Wenchuan? 承 Il se trouve dans la province du Sichuan. 位於在四川省。
您記得在印度尼西亞發生的海嘯嗎？	Vous vous souvenez du tsunami qui s'est produit en Indonésie? 承 Oui, c'est très horrible. 記得，太恐怖了。
這次海嘯中死亡人數達到 17 萬人。	Le tsunami a décimé 170,000 personnes.
海嘯是由什麼引起的？	Les tsunamis sont provoqués par quoi? 承 Le tremblement de terre provoque les tsunamis. 地震引起海嘯。
人為造成的災害也是很可怕的。	Des désastres causés par l'homme sont aussi très terribles. 介詞 par 引出施動者補語。
我每天看見兩三宗交通事故。	Je vois deux ou trois accidents par jour sur la route.
沒有造成傷亡嗎？	N'y avait-il pas des morts ou blessés?
你周圍的人有過交通事故嗎？	Y a-t-il quelqu'un autour de vous qui a déjà eu un accident de la circulation?

關鍵字

災禍	la catastrophe	地震	le tremblement de terre
損失	la perte	事故	un accident
海嘯	le tsunami	毀壞	détruire

選舉

134 mp3

多大年齡才能有選舉權？	A partir de quel âge peut-on avoir le droit de vote?
十八歲時，你就有選舉權了。	A l'âge de dix-huit ans, tu auras le droit de vote.
我想參加選舉。	J'ai bien envie de me présenter aux élections.
你看見過法國競選嗎？	As-tu vu l'élection française? 承 Oui, c'est intéressant. 看過，很有意思。
法國有國民議會和參議院。	Il y a l'Assemblée nationale et le Sénat en France.
國民議會是全民直接選舉出來的。	L'Assemblée nationale est élue au suffrage universel direct.
他們任期幾年？	Pour un terme de combien d'années y sont-ils? 承 Ils y sont pour une durée de cinq ans. 任期五年。
本次選舉要產生多少席位？	Combien de sièges y a-t-il dans cette élection? 介詞 de 引出數量副詞補語。
共產生三個席位，一位主席和兩位副主席。	En totalité 3. Un siège de président et deux de vice-président.

135.mp3

你知道參議員是怎樣產生嗎？	Comment les sénateurs sont-ils élus? 承 Ils sont élus au suffrage universel indirect, par les élus locaux. 他們是通過地方當選人間接普選產生的。
參議員共多少？	Combien de sénateurs y a-t-il? 承 321 sénateurs. 321 名參議員。
你昨天去投票了嗎？	Tu es allé aux urnes hier? 同 Tu as déposé un bulletin hier?
昨天選舉的結果怎樣？	Quel est le résultat des élections générales d'hier? 承 Tout s'est bien déroulé. 一切順利。
昨天的是預選。	Hier c'était l'élection anticipée.
選舉的結果很令人感興趣。	Le résultat d'élection est intéressant. 類 Le résultat des élections est très douteux. 選舉的結果很令人懷疑。
國民議會說了算。	L'Assemblée nationale a le dernier mot.
公民有選舉權和被選舉權。	Les citoyens ont le droit de vote et d' être éligible.
他的選舉權被剝奪了。	On l'a privé du droit de vote.
不久前結束的美國總統選舉轟動了整個世界。	L'élection présidentielle américaine a eu un grand retentissement dans le monde entier. 介詞 dans 引出地點狀語。

關鍵字

投票 la vote	任期 le terme
選舉 une élection	席位 le siège
總統 le président	結果 le résultat

貧富

136.mp3

你對貧富差別有什麼看法？	Que pensez-vous de l'écart entre la richesse et la pauvreté?
貧富問題似乎是人類發展的永恆話題。	Il semble que le problème entre la richesse et la pauvreté est un sujet permanent dans le développement de l'humanité.
當今社會上的貧富差別似乎越來越大。	Aujourd'hui, il semble que l'écart entre les riches et les pauvres est de plus en plus grande.
金錢並不是衡量幸福的唯一標準。	L'argent n'est pas le standard unique pour définir le bonheur.
金錢使人羨慕，但並不能使人幸福。	La richesse fait des envieux, mais ne fait pas le bonheur.
有些人有許多錢，但並不快樂。	Certains disposent d'une grande somme, mais ne vivent pas heureu.
有些人雖然並不富有，但活得很快樂。	Certains vivent heureu même s'ils ne sont pas riches.
我們需要錢，但不能盲目地追求金錢。	Nous avons besoin d'argent, mais ne devons pas poursuivre aveuglément l'argent.
錢並不是最重要的，但不可沒有。	L'argent n'est pas le plus important, mais on ne peut pas en manquer.

137.mp3

在窮人看來，富人簡直是揮霍金錢。	D'après les pauvres, les riches jettent de l'argent par la fenêtre.
富人旅遊時住在豪華的旅館裡。	Les riches logent dans de somptueux hôtels en voyage.
他們進出高檔的飯店。	Ils fréquentent des restaurants luxueux.
他們購物進高檔商場。	Ils font des achats dans de grands magasins de luxe.
富人們天天開着高檔的汽車。	Les riches conduisent des voitures de luxe. 介詞 de 引出名詞補語。
對窮人來説這些只是夢想。	Pour les pauvres, tout cela est seulement un rêve.
窮人每天擁擠在巴士裡。	Les pauvres se pressent dans le bus chaque jour.
有錢人似乎花錢不顧及，願意幹什麼就幹什麼。	Les riches semblent gaspiller leur argent, ils font tout ce qu'ils veulent.
不少大學生交不起學費而放棄學業。	Beaucoup d'étudiants ont renoncé à leurs études, parce qu'ils ne peuvent pas payer leur scolarité. 介詞 à 引出間接賓語。間接賓語用介詞 à 或介詞 de，這取決於動詞本身。
我不富也不窮。	Je ne suis ni riche ni pauvre.

關鍵字

差別 l'écart
富裕 la richesse
貧窮 la pauvreté
幸福 le bonheur
追求 poursuivre
奢侈的 somptueux

語法 5：介詞在句子中的作用

介詞的形式有簡單和複合兩種形式。簡單形式有 à, après, avec, avant 等，複合形式，即介詞短語有 à côté de, grâce à, à cause de 等。

介詞結構在句子中可以作名詞補語、形容詞補語、代詞補語、副詞補語、施動者補語，間接賓語和狀語。

1. 名詞補語：

J'ai acheté une machine à laver.
我買了一台洗衣機。

2. 形容詞補語：

Nous sommes près à partir.
我們已準備好出發。

3. 代詞和副詞補語：

Il faut agir conformément aux ordres.
應該按命令行動。

4. 施動者補語：

Il est aimé de tout le monde.
他得到大家的愛戴。

5. 間接賓語：

Il profite de ses vacances pour visiter les musées de Paris.
他利用假期參觀巴黎的博物館。

6. 狀語：

表示時間、地點、目的、方式、工具、材料、距離、原因等。
Il travaille jour et nuit pour un examen.
他夜以繼日地學習準備考試。

Chapter 6

工作交談

認識新人

140 mp3

您是新來的嗎？	Etes-<u>vous</u> nouveau? vous 是主語人稱代詞。在疑問句中，作主語人稱代詞要置於謂語之後。
我剛來幾個星期。	Je suis arrivé seulement il y a quelques semaines.
我是新來的，請多指教。	Je viens d'arriver. Veuillez me donner vos conseils.
歡迎加入我們的團隊。	Bienvenue à notre équipe.
我給您介紹一下我的同事。	Je vous présente mon nouveau collègue. 承 Enchanté de faire votre connaissance. 認識你很榮幸。
您在法國學過中文嗎？	Avez-vous déjà appris le chinois en France? 承 Oui, je l'ai appris pendant un an, mais je ne parle pas bien. 學過一年，但說得不好。
您為何來中國？	Quel est le but principal de votre venue en Chine?
在法國找工作容易嗎？	Est-ce qu'il est facile de trouver un travail en France? 承 Actuellement non, mais je voudrais essayer encore. 現在很難，但還是想試試。
我想讓您認識一下我們的銷售經理。	Je veux vous faire rencontrer notre directeur marketing.

141.mp3

認識您很高興，主編先生。	Très heureux de vous connaître M. le rédacteur en chef. 承 Moi aussi. J'ai entendu dire que vous voudriez publier un livre. 我也同樣。聽説您想出版一本書。 Oui, j'espère obtenir votre aide. 是的，希望得到您的幫助。
請多多關照。	Je vous prie de bien vouloir m'apporter votre aide.
歡迎你來到我們公司。我們認識一下吧。	Bienvenu à notre société. Faisons un peu connaissance.
我想認識一下主要的工作人員。	Je voudrais connaître les employés principaux.
希望您在這裡過得愉快。	J'espère que vous vous sentez bien ici. 承 Je crois que, avec votre aide, je serai certainement heureux ici. 我相信有你們的幫助，我一定過得很愉快。
希望我們相處得愉快。	J'espère que nous nous entendrons très bien.
我想我會很喜歡和您一起工作。	Je pense que je vais bien aimer travailler avec vous. 承 Je suis très content d'entendre cela. 很高興聽你這麼説。
如果您需要我幫忙，儘管跟我説。	Si vous avez besoin de mon aide, n'hésitez pas à me le dire. 承 Merci beaucoup! 非常感謝！
能告訴我您的電話號碼嗎？	Je pourrais avoir votre numéro de téléphone? 承 Bien sûr, voilà mon numéro. 當然，這是我的電話號碼。

142.mp3

您現在住在哪裡？	Où habitez-vous maintenant? 承 J'habite dans un appartement. 在一所公寓裡。
您工作的地方離家遠嗎？	Travaillez-vous loin de chez vous? 承 Pas très loin, c'est à 30 minutes en bus. 不算遠，坐 30 分鐘巴士。
從您家到公司要多久？	Il faut combien de temps pour aller de chez vous à la compagnie? 承 Une demi-heure en voiture. 開車一個半小時。
您平時幾點上班？	A quelle heure commencez-vous le travail d'ordinaire?
您幾點從家裡出發？	A quelle heure partez-vous de chez vous? 承 Vers sept heures dix. 七點十分左右。
您出門有點太早了。	Vous partez un peu trop tôt. 承 Il y a trop de monde le matin, il faut donc partir de bonne heure. 早晨人多，擁擠，因此必須早點出發。
我的工作時間很自由。	Je suis libre de gérer mon temps de travail. 類 J'ai des heures fixes pour le travail. 我工作時間固定。
請問，您是王先生吧？	Excusez-moi, est-ce que vous êtes M. Wang? moi 是重讀人稱代詞，在命令句中，代替直接賓語人稱代詞 me。
聽説您的公司在你的帶領下，創下了了不起的銷售業績。	J'ai entendu dire que sous votre direction, votre compagnie a eu beaucoup de succès dans le domaine du marketing.
我們有一個了不起的團隊。	Nous sommes une équipe excellente.

143.mp3

您幹得太棒了。	**Vous êtes formidable.** 承 Nos employés font tous leurs efforts. Sans eux, je ne peux rien faire. 員工們都很努力，沒有他們的努力，我什麼也做不了。
我想您會發現我們所有的員工都是一流的。	**Je pense que vous trouverez tous nos employés excellents.**
您看起來筋疲力盡。	**Vous semblez épuisé.** 類 Vous avez l'air fatigué. 您看起來很疲憊。
您不覺得應該去休息一下嗎？	**Vous ne croyez pas que vous devriez prendre une pause?** 承 Ce n'est pas grave, ça ira mieux plus tard. 沒關係，過一會就好了。
可以在辦公室裡抽煙嗎？	**Est-ce qu'on peut fumer dans le bureau?** 承 Je pense que non. 我想不行。
今晚好多新朋友來聚會，您能來嗎？	**Beaucoup de nouveaux amis viennent à cette soirée, vous pouvez y venir?**
您喜歡香港的菜餚嗎？	**Aimez-vous les plats de Hong Kong?** 承 Je les trouve super. Je goûte une variété différente de saveurs chaque jour. 非常喜歡。每天都吃到各種風味。
我在這期間認識了很多朋友。	**J'ai connu beaucoup d'amis pendant cette période.**

關鍵字

同事 le collègue	辦公室 le bureau
公司 la compagnie	朋友 l'ami
市場營銷 marketing	技能 la compétence

同事交談

144 mp3

你喜歡教師工作嗎？	**Aimez-vous le travail de professeur?** 承 Bien sûr. 當然。
我在小學時立志當教師。	**Quand j'étais à l'école primaire, j'ai décidé de devenir professeur.**
你從事教師職業多長時間了？	**Depuis combien de temps travaillez-vous dans l'enseignement?** 承 Depuis vingt ans. 二十年了。
我想你工作一定很認真。	**Je pense que vous travaillez sérieusement.** 承 On peut dire que oui. Mais les autres professeurs le font aussi. 可以這麼說，不過其他的教師都這樣。
我沒想到你會表現得這麼好。	**Je ne pensais pas que tu étais si excellent.**
你從來沒感到過厭倦嗎？	**Vous ne vous en ennuyez jamais?** 承 Non, c'est le travail que j'aime le plus. 沒有，這是我最喜歡的工作。
我最近感覺不好，頭昏腦脹。	**Je me sens mal récemment, la tête me tourne.**
你平時鍛煉嗎？	**Est-ce que tu fais du sport?** 承 Je n'ai pas le temps. 我沒有時間鍛煉。

145.mp3

我每天坐在電腦前工作。	Je m'assieds toujours devant l'ordinateur pour travailler.
據說經常坐在電腦前對身體很不利。	On dit qu'il est nuisible à la santé de rester souvent devant l'ordinateur.
你還是先到醫院查一查。	Il vaut mieux que tu ailles à l'hôpital. 承 Il me semble aussi que ça vaut la peine. 我也覺得應該到醫院檢查一下了。
我建議你每天出去跑跑步，呼吸新鮮空氣。	Je te conseille de courir tous les jours et de respirer de l'air frais.
昨天晚上的健康欄目你看了嗎？	Au-tu regardé la rubrique santé hier soir?
節目介紹了很多突然發病的例子。	On a introduit beaucoup d'exemples de maladies soudaines.
不少人死於突發病。	Pas mal de personnes sont mortes des maladies soudaines.
很可怕。	C'est horrible.
我們最好常去醫院檢查，及時治療。	Il vaut donc mieux que nous allions à l'hôpital pour faire des examens physiques afin de recevoir des traitements à temps.
最重要的是平時加強鍛煉。	Le plus important, c'est de souvent renforcer la pratique des exercices physiques.
聽說你晉升了。祝賀你了！	J'ai entendu dire que tu avais eu une promotion. Toutes mes félicitations!
什麼職位啊？	A quelle place est-ce que tu as été promu? 承 Directeur d'affaires. 項目經理。

🎧 146.mp3

聽說今年可能要加薪了。	J'ai entendu dire qu'il y aurait une augmentation de salaire cette année.
我應該加薪了。	Je dois avoir une augmentation de salaire.
我的薪水還不錯，可以使我生活得很好。	J'ai un bon salaire, je gagne bien ma vie. 同 Je gagne beaucoup, cela me permet d'avoir une vie aisée. me 間接賓語人稱代詞。在句中，賓語人稱代詞和副代詞要放在有關動詞前。
這是一份辛苦的工作，但是薪水很高。	C'est un travail dur, mais bien payé.
現在物價上漲的太快了。	Les prix montent très vite maintenant.
現在的錢真不禁花。	L'argent s'en va vite.
兜裡放了一千元，沒過幾天就沒了。	A peine as-tu mis mille yuans dans la poche qu'ils ont disparu quelques jours après.
這是你的車嗎？	Est-ce que c'est ta voiture? 承 Oui, je viens de l'acheter. 是，我剛買的。
你的車太有氣派了。	Ta voiture a vraiment du style.
以後我也買和你一樣的車。	J'achèterai le même modèle de voiture que la tienne dans le futur.
由於工作壓力太大，我有點受不了了。	A cause du stress au travail, je n'en peux plus.
每天下班回家就感到很累。	Je me sens très fatigué après le travail.

147.mp3

聽說很多人因為工作壓力太大，身體出現不適現象。	J'ai entendu dire que beaucoup de personnes ont des problèmes de santé à cause de trop de stress au travail.
我得好好想一想，可能的話換其他工作。	Je dois bien réfléchir, si nécessaire, je vais changer de travail.
現在有經濟危機，很難找到工作。	Maintenant il y a la crise économique, il est difficile de trouver un emploi.
我很討厭他處處管我。	Ça m'ennuie qu'il intervienne dans toutes mes affaires.
不知道為什麼他總是找我的麻煩。	Je ne sais pas pourquoi il me cherche toujours des ennuis.
你還是多找一找自己的毛病吧。	Il vaut mieux que tu réfléchisses sur tes propres défauts.
你不要相信他的話，他想誣陷我。	Ne le crois pas. Il veut monter un coup contre moi.
您今天看到老闆了嗎？	Vous avez vu le patron aujourd'hui? 承 Il participe à une réunion très importante. 他正參加一個很重要的會議。
我想跟老闆談一個很重要的問題。	Je voudrais parler d'un problème important avec lui.
目前公司的工作量太大了。	Nous avons trop de travail pour le moment. 承 Je le trouve aussi, il faut embaucher encore des employés. 我也覺得如此，應該再僱一些人員。
希望這次能有實質性的進展。	J'espère qu'il y aura des progrès substantiels.

148.mp3

你應該和經理好好談談，我想他會同意的。	Tu dois bien en parler avec le directeur, je crois qu'il sera d'accord avec toi. en 是副代詞，代替介詞 de 引出的 parler 的間接賓語。
對不起，我忘了跟你說一件事。	Pardon, j'ai oublié de t'informer d'une chose.
什麼事啊？	De quoi s'agit-il? 承 Je ne sais pas. 不清楚。
經理讓你到他辦公室找他。	Le directeur demande que tu ailles dans son bureau.
還是快去他辦公室吧。	Va vite dans son bureau.
他說你最近常常請假。	Il a dit que tu demandes souvent congé ces derniers temps.
他對你工作很不滿意。	Il n'est pas du tout satisfait de ton travail.
我猜想他要給你一個任務。	Je devine qu'il te donnera une mission. 類 Je devine qu'il te licenciera. 我猜想他要解僱你。
你能透露一點嗎？	Est-ce que tu peux m'en divulguer un peu?
據說要在國外建立一個辦事處。	On dit qu'il y aura une agence à l'étranger.
要是我能被派到國外那該多好啊！	Si je pouvais être envoyé à l'étranger!
有可能你會去呢。	C'est possible que tu y ailles.

149.mp3

你沒犯什麼錯誤緊張什麼呀。	Tu n'as commis aucune faute, ne sois pas tendu.
你介意我請一個星期的假嗎？	Ça te gène si je demande une semaine de vacances?
你總是遲到，我必須跟你談談了。	Tu es toujours en retard. Je dois en parler avec toi.
你能給我解釋一下遲到的理由嗎？	Tu peux m'expliquer la raison de ton retard? 承 Pardon, je suis en retard à cause d'un embouteillage. 對不起，由於交通阻塞來晚了。
這不是理由，你早點出來就避免這個問題。	Ce n'est pas raisonnable, tu aurais pu l'éviter si tu étais parti plus tôt.
你的下一個計劃是什麼？	Quel est ton prochain projet?
需要多長時間？	Combien de temps faut-il? 承 Plus d'un semestre à peu près. 大概半年以上。
需要的材料我已經準備好了。	J'ai déjà préparé les dossiers nécessaires.
一起談談我們的計劃吧。	Parlons ensemble de notre projet.
那樣你一定很忙。	Alors, tu seras bien occupé.

關鍵字

教學	l'enseignement	增加	une augmentation
電腦	l'ordinateur	壓力	le stress
疾病	la maladie	工作	un emploi

尋求幫助

150.mp3

我有很多問題要問。	J'ai beaucoup de questions à poser.
能請您幫我個忙嗎？	Pourriez-vous me donner un coup de main? 承 Avec plaisir. 樂意效勞。
這種情況下，我真不知怎麼辦才好。	Dans ce cas, je ne sais pas comment faire.
您能給我出個主意嗎？	Pourriez-vous me donner une idée? 承 C'est aussi difficile pour moi. 我也很難辦。
我想求你幫忙。	Je vous demande de m'aider.
需要幫忙嗎？	Je peux vous aider? 承 Non, merci. J'ai déjà tout bien arrangé. 不用，我已經安排好了。
放鬆點兒，我會幫助您的。	Soyez détendu, je vais vous aider.
您可以打電話求其他辦公室的人。	Vous pourriez téléphoner aux autres dans le bureau pour demander de l'aide. 承 Vous avez raison, je n'ai pas pu y penser. 對啊，我沒能想到這一點。
幫我大忙了，謝謝你。	Je vous remercie de m'avoir tant aidé.

151.mp3

我一個人決定不了。	Je ne peux pas prendre la décision tout seul. 承 Ne vous inquiétez pas, nous allons y réfléchir ensemble. 你別着急，我們一起慢慢研究吧。
您還是先去問問你的上司吧。	Demandez à votre supérieur.
您別指望她了。	Ne comptez plus sur elle. 承 Elle est toujours comme ça, en cas de difficulté, elle s'échappe au loin. 她總是這樣，一有困難就離得遠遠的。
聽說公司要裁員了。	On dit qu'il y aura une réduction de salariés. 承 Oui, c'est pourquoi on se sent inquiet. 是，因此大家都感到不安。
您能否在經理面前幫我美言幾句？	Pourriez-vous dire quelques mots en ma faveur devant le directeur?
我盡力吧。	Je ferai tous mes efforts.
我在找傑克遜先生的辦公室。	Je suis en train de chercher le bureau de Mr. Jackson. Est-ce que je peux vous aider? 我能幫到您嗎？ Je suis en train de chercher le bureau de M. Jackson. 我在找傑克遜先生的辦公室。
經理先生，您在哪兒？	M. le directeur, où êtes-vous? 承 Je suis dans mon bureau. 我在辦公室。
我能佔用點您寶貴的時間嗎？	Pourriez-vous m'accorder un peu de votre précieux temps?
您有事嗎？	Qu'est-ce que vous avez? 承 J'ai des choses à discuter avec vous. 我想跟您談點事。

152.mp3

由於我的失誤，給您帶來這麼多麻煩，我很內疚。	Je vous ai amené beaucoup de complications à cause de ma faute, j'éprouve beaucoup de remords.
我們不能按時完成計劃了。	Nous n'arriverons pas à terminer le travail à l'heure.
這下可有大麻煩了。	Cette fois-ci, on va avoir des problèmes.
不能按時完成計劃，我們的薪水受到影響。	Si on ne pouvait pas le finir à l'heure, nos salaires en subiraient les conséquences.
很抱歉， 都是因為我。	Désolé, c'était à cause de moi. 承 Ne vous le reprochez pas trop, chacun doit prendre ses responsabilités. 你不要太自責自己了，大家都有責任。
在你們公司誰是最後決策的？	Qui a le dernier mot dans votre société? 承 Le directeur général, bien sûr. 當然是總經理了。
您不必為那件事擔心了。	Ne vous en inquiétez plus.
誰都會有失誤的時候。	Tout le monde peut commettre des erreurs.
我不知道說什麼好。	Je ne sais pas ce qu'il faut dire.
謝謝你們的原諒和理解。	Je vous remercie de m'avoir excusé et de votre compréhension.
能告訴我影印機在哪兒嗎？	Pourriez-vous me dire où est le photocopieur?
在右手邊第二個房間。	Dans la deuxième pièce à droite.
我弄不明白這台機器。	Je ne sais pas comment utiliser cette machine.

153.mp3

這台機械好用嗎？	Est-ce que cette machine marche bien? 承 Oui, je viens de copier un dossier. 好用，我剛才還影印了資料。
我已按鈕了，怎麼沒反應啊？	J'ai déjà appuyé sur le bouton, mais pourquoi la machine n'a pas réagi?
機器裡沒有紙了。	Il n'y a plus de feuilles dedans. 類 Il n'y a plus d'encre. 沒有墨水了。
能不能先幫我看一下文件？	Pourriez-vous m'aider à regarder le dossier d'abord? 承 Pas de problème. 沒問題。
打印機壞了，下午要用的資料打印不出來。	L'imprimante est en panne, les dossiers qu'on va utiliser cet après-midi ne seront pas imprimés.
您喜歡這種新的電腦程式嗎？	Vous aimez ce nouveau programme d'ordinateur? 承 Ce n'est pas facile à manipuler. 這個用得很費勁。
您快來看看吧，我剛在輸入的文件找不到了。	Venez regarder, le dossier que j'ai tapé a disparu.
您別着急，能找到。	Ne vous inquiétez pas, c'est sûr qu'il sera retrouvé. vous 是自反人稱代詞，在否定句中放在動詞前，但在肯定命令句中要放在動詞後，如：levez-vous。

關鍵字

晉升	la promotion	不足	le défaut
工資	le salaire	經理	le directeur
煩惱	un ennui	計劃	le projet

撥打電話

154.mp3

喂，皮埃爾嗎？	Allô, Pierre?
我是傑克。	C'est Jacques.
喂，是東華公司嗎？	Allô, la Société Donghua?
不是！你打錯了。	Ah non! Vous faites une erreur.
請找勒格朗先生。	M. Legrand, s'il vous plaît. 承 Désolé, li n'est pas là. 很抱歉，他不在。
請問是王先生家嗎？	Allô, je suis bien chez Monsieur Wang?
您是盧梭先生嗎？	Allô, c'est bien M. Rousseau? 承 C'est bien lui. 正是。
您好，我想跟杜馬夫人講話。	Allô, je voudrais parler avec Madame Dumas.
很抱歉打擾您，您知道他在哪裡嗎？	Excusez-moi de vous déranger. Savez-vous où il est maintenant?
您好，我是瑪麗，您能幫我叫一下馬克嗎？	Bonjour, je suis Marie. Pourriez-vous appeler Marc?

155.mp3

麻煩您讓她接一下電話行嗎？	Cela ne vous ennuierait pas trop de l'appeler un instant à l'appareil? vous是間接賓語人稱代詞，要放在有關的動詞前。
很抱歉這時候打電話打擾您。	Je suis désolée de vous téléphoner à cette heure.
他現在接電話方便嗎？	Il lui convient de répondre au téléphone? 承 Bien sûr, il viendra tout de suite. 當然，他馬上就來。
您能告訴我他的私人電話號碼嗎？	Pourriez-vous me donner son numéro personnel?
您能告訴我他的直撥電話好嗎？	Pourriez-vous me donner sa ligne directe?
您知道他什麼時候能回來？	Savez-vous quand il rentrera? 承 Il doit rentrer dans les 20 minutes. 他應該二十分鐘後回來。
我給您打電話是關於我們訂單的事。	Je vous téléphone à propos de notre commande. 類 Je vous appelle pour confirmer la réservation d'une chambre. 我給您打電話是為了確定訂房。
我給您打電話是為了改變約會時間。	Je vous téléphone pour changer la date du rendez-vous.
我想與貴公司的負責銷售的人員通話。	Je voudrais parler avec le responsable de la vente. 承 Un instant, s'il vous plaît. 請稍等，我去找他。
我給您打電話是談有關擴大再生產的事情。	Je vous appelle à propos de la question de l'élargissement de la reproduction.

156.mp3

能不能請他儘快打電話給我？	Pourriez-vous lui dire de me téléphoner le plus tôt possible? lui 是 dire 間接賓語人稱代詞，因此放在其前面。
他回來時您能告訴他給我回電碼？	Voulez-vous lui dire de me téléphoner quand il sera rentré? 承 D'accord, je lui laisserai un message sur son bureau. 好的，我在桌子上給他留張紙條。
請告訴經理我稍晚點兒到，我正跟一位客戶談一個項目。	Dites-lui que je vais rentrer un peu tard, je suis en train de discuter d'un projet avec un client.
您好，是詢問處嗎？	Allô, le service des renseignements? 類 Allô, le service des étudiants? 您好，是學生處嗎？
從法國往中國打電話撥 00+86。	Pour appeler la Chine de la France, faites le 00+86.
請接前台好嗎？	Voulez-vous me transférer à la réception s'il vous plaît? 類 Voulez-vous me passer le poste 3322? 請接一下 3322 分機。
太難找您了，這是您的分機號碼嗎？	Il est très difficile de vous trouver, c'est votre numéro de poste? 承 Appelez-moi sur mon portable désormais. 以後您就打我的手機吧。
您好，我是杜邦。	Je suis Dupont, bonjour. 承 Bonjour, M. Dupont. C'est Michel. 您好，杜邦先生，我是米歇爾。
這裡是 B 公司，您請講。	Société B, je vous écoute.
您是哪位？	C'est de la part de qui? 同 Qui est à l'appareil?

157.mp3

請問您找誰？	A qui voulez-vous parler? 同 A qui désirez-vous parler?
您要留言嗎？	Voulez-vous laisser un message? vous 是主語人稱代詞，此句是疑問句，因此主語置於謂語之後。
請告訴他給我回電話。	Dites-lui de me rappeler.
這裡是法國航空公司，您好。	Air France, bonjour. 承 Je voudrais réserver un billet d'avion pour Paris. 我想預定去往巴黎的飛機票一張。
我聽不清楚，請您再說一遍。	Je vous entends mal, pouvez-vous répéter? 類 Parlez plus fort s'il vous plaît. 請您說大點兒聲。
電話線路有毛病。	La ligne est mauvaise.
您能再打一次嗎？	Pourriez-vous rappeler encore une fois?
這裡是旅遊公司，您好。	Agence de voyage bonjour. 承 Je voudrais savoir s'il y a un groupe touristique pour la Malaisie. 我想打聽最近有沒有去馬來西亞的旅遊團。
請別掛，我去找他。	Ne quittez pas, je vais l'appeler.
稍等，我給您接過去。	Une seconde s'il vous plaît.
抱歉，電話佔線。	Désolée, la ligne est occupée.

關鍵字

打擾 déranger
打電話 téléphoner
訂貨 la commande
線路 la ligne
號碼 le numéro
留言 le message

保持聯絡

158.mp3

我怎樣和您聯絡呢？	Comment est-ce que je peux prendre contact avec vous? 承 C'est ma carte. 這是我的名片。
有很多種聯絡方式。	Il y a de nombreux moyens de communication.
您的名片上沒有寫您的地址。	Il n'y a pas l'adresse sur votre carte. 類 Il n'y a pas le numéro de téléphone de votre domicile sur votre carte. 您的名片上沒有您家的電話號碼。
您可以打電話聯絡我。	Vous pouvez me téléphoner. 同 Vous pouvez m'appeler.
隨時可以給我打電話。	Vous pouvez me téléphoner à tout moment. 反 Ne m'appelez pas n'importe quand. 請不要任何時候給我打電話。
沒什麼大事不要給我打電話。	S'il n'y a pas grand chose, ne m'appelez pas. 反 S'il y a des affaires à traiter, appelez-moi. 有事給我打電話好了。
事情辦完後，我會給您打電話的。	Quand j'aurai fini de régler ces affaires, je vous appellerai.
我能要您的手機號碼嗎？	Vous pourriez me donner votre numéro de portable? me 是 donner 的間接賓語。
我把您的號碼存入手機。	J'ai enregistré votre numéro de téléphone dans mon portable.

159.mp3

我昨天給您打了好幾次電話，但沒人接。	Je vous ai appelé quelques fois hier, mais vous n'avez pas répondu. 承 Ce n'est pas possible. Je portais mon portable sur moi. 不可能啊，我一直帶着手機。
也許您給我的電話號碼是錯的。	Le numéro que vous m'avez donné est peut-être faux.
請您再説一遍您的手機號碼。	Je vous prie de répéter encore une fois votre numéro de portable.
請您把您的電郵地址告訴我。	Voulez-vous bien me donner votre adresse e-mail. 同 Voulez-vous me donner votre adresse de courriel.
我們可以通過這個電話號碼保持聯絡。	Nous pouvons rester en contact par ce numéro de téléphone.
我們可以通過電郵聯絡，我的名片上有。	Nous pouvons nous mettre en contact par courriel, il y a mon adresse sur ma carte. nous 是自反人稱代詞，表示相互意義。
您可以通過 MSN 聯絡我。	Vous pouvez vous mettre en contact avec moi sur MSN.
您經常上 MSN 嗎？	Vous utilisez souvent MSN? 承 Presque tous les jours, je le consulte pour voir si j'ai des nouveaux messages. 幾乎每天都上 MSN 查看有什麼資訊。
請用傳真發過來吧。	Par fax, s'il vous plaît.

關鍵字

動詞 envoyer 的直陳式現在時變位

j'envoie	nous envoyons
tu envoies	vous envoyez
il (elle) envoie	ils (elles) envoient

拜訪與接待

160.mp3

今天我能去拜訪您嗎？	Je pourrais vous rendre visite aujourd'hui?
我應該幾點到您那兒？	Quand puis-je aller chez vous? 承 A peu près à 2h de l'après-midi. 下午兩點左右。
我想與總經理先生定個約會。	Je voudrais fixer un rendez-vous avec le directeur général.
哪天對您合適？	Quelle date vous convient-il? 承 Vendredi prochain. 下星期五。
我能不能本周末去拜訪您？	Est-ce que je peux vous rendre visite ce week-end? 承 C'est vraiment dommage, j'ai déjà un autre rendez-vous. 很遺憾，我已經有其他約會了。
我想在香港逗留期間與您見面。	Je voudrais vous rencontrer pendant mon séjour à Hong Kong.
由於飛機晚點，今晚不能去拜訪您。	A cause du retard de l'avion, je ne peux pas aller vous voir ce soir. Vous 是直接賓語人稱代詞，作 voir 的直接賓語。
我應該早九點與您見面，但由於堵車，我恐怕遲到了。	Ce matin, j'ai un rendez-vous avec vous à neuf heures, mais à cause de l'embouteillage, je crains d'être en retard.
沒關係，我們明天上午見吧。	Ce n'est pas grave, on se voit demain matin.

161.mp3

我想見會計經理先生。	Je voudrais voir Monsieur le directeur comptable.
請問人力資源部在幾樓？	A quel étage est le Département des ressources humaines, s'il vous plaît? 承 Au 5ème étage. 在六樓。
我接到了貴公司人力資源部經理的召見通知。	J'ai reçu une convocation de votre directeur des Ressources humaines.
我馬上通知經理先生您到了。	Je vais tout de suite avertir le directeur de votre arrivée.
經理先生馬上就會來見您。	Le directeur arrive bientôt pour vous voir. 承 Merci, ce n'est pas pressé. 謝謝，不着急。
請您轉告他 12 點來拜訪他。	Dites-lui que je lui rendrai visite à 12h, s'il vous plaît.
經理先生，今天一定要等我，我有重要的事情與您商量。	Monsieur le directeur, je vous prie de m'attendre aujourd'hui, j'ai des choses importantes à vous dire.
我現在有客戶，您找王先生吧，他會接待您的。	J'ai un rendez-vous avec un client maintenant, vous pouvez aller voir Monsieur Wang, il va vous recevoir.
我找一位姓陳的先生，他是負責出口部的。	Je cherche un monsieur dont le nom est Chen qui s'occupe du département des exportations.
跟您談話真是很愉快。	C'est vraiment agréable d'avoir une conversation avec vous.

162.mp3

今天我沒有白來，收穫很大。	Je ne suis pas venu pour rien, j'ai beaucoup appris.
下星期您能見我嗎？	Vous pourriez me voir la semaine prochaine? 承 Je vais d'abord voir mon emploi du temps. 我得看一下我的時間安排。
下周星期一 10 點，在我辦公室見面。	Je vous attends à dix heures, lundi prochain dans mon bureau.
我可以帶我的助手去嗎？	Je pourrais y aller avec mon assistant? 承 Comme vous voulez. 你隨便。 y 是副代詞，在句中作 aller 的地點。
我能去參觀嗎？	Puis-je la visiter? 承 Soyez le bienvenu. 歡迎您。
我能參觀一下你們的實驗室嗎？	Est-ce que je peux visiter votre laboratoire?
我想瞭解一下你們試驗條件。	Je voudrais connaître les conditions du laboratoire.
十分感謝您的邀請。	Vous êtes vraiment gentil de m'avoir invitée.
歡迎您來香港。	Bienvenu à Hong Kong.
我很榮幸能有機會接待您。	J'ai honneur d'avoir l'occasion de vous accueillir.
您是第一次來香港嗎？	C'est la première fois que vous venez à Hong Kong?
請問您是從法國來的阿爾貝先生嗎？	Est-ce que vous êtes monsieur Albert venu de France?

163.mp3

您所有的行李都在這兒嗎？	Vos bagages sont tous ici? 承 Je pense que oui. 我想是的。
您的來訪令我很高興。	Votre visite m'enchante. 同 Votre visite me réjouit. 反 Votre visite m'ennuie beaucoup.
歡迎您到我們公司來。	Bienvenu à notre société.
我在進出口部門工作。	Je travaille au département import-export. 承 C'est vous qui avez appelé hier? 昨天打電話的是您嗎？ Oui, c'est bien moi. 是我。
一路上愉快嗎？	Vous avez fait un bon voyage? 承 Oui, tout va bien. 是的，一切順利。
我們總經理馬上來接待你們。	Notre directeur général va venir tout de suite vous accueillir.
對不起，他臨時有事出去了。	Je suis désolé, il est sorti en raison d'un travail temporaire.
他正在開會，請你在接待室等一會兒。	Il est en réunion, attentez un peu dans la salle de réception.
他馬上來跟你們具體商談。	Il viendra tout de suite le négocier concrètement avec vous.
請你稍等。	Attendez s'il vous plaît. 同 Attendez un peu.

關鍵字

總經理 le directeur général
交通堵塞 un embouteillage
召見 la convocation
出口 une exportation
實驗室 le laboratoire
參觀 la visite

介紹產品

164.mp3

先生，您想看什麼？	Monsieur, qu'est-ce que vous désirez?
先生，您對我們的產品感興趣嗎？	Monsieur, nos produits vous intéressent? 承 Oui, je m'intéresse surtout à cet ordinateur. 是的，尤其是對這台電腦。
您需要什麼嗎？	Vous cherchez quelque chose? 類 Que puis-je faire pour vous? 您需要幫助嗎？
夫人，我能為您做點什麼嗎？	En quoi puis-je vous être utile, Madame?
您還需要別的嗎？	Vous voulez autres choses? 承 Non, merci. 謝謝，不要了。
如果需要幫助，請叫我。	Si vous avez besoin d'aide, appelez-moi s'il vous plaît.
您想看什麼產品？	Quel produit voudriez-vous voir?
也許您已經聽過我們公司的產品。	Vous avez peut-être déjà entendu parler des produits de notre entreprise. Si vous l'utilisez une fois, vous savez son effet.
我想瞭解一下你們的新產品。	Je veux connaître vos nouveaux produits.
這是新產品，效果非常好。	C'est le nouveau produit, c'est efficace.

🎧 165.mp3

請允許我帶您參觀一下產品的展示廳。	Permettez-moi de vous accompagner pour la visite de la salle d'exposition de produits. moi 是重讀人稱代詞，在肯定命令句中代替間接賓語人稱代詞 me。
這是高檔產品。	C'est un produit haut de gamme. 反 C'est un produit bas de gamme. 這是低檔品。
這只是個樣品。	C'est un échantillon.
您認為功能怎麼樣？	Que pensez-vous du fonctionnement? 承 Surprenant. 很令人吃驚。
它集多種功能於一身。	Il possède la multifonction.
關鍵是這項功能可以避免不必要的麻煩。	L'important, c'est que la fonction évite les ennuis superflus.
您有產品說明書嗎？	Avez-vous le mode d'emploi de ce produit? 承 Oui, le voilà, prenez-le. 有，這就是，請拿吧。
這是目錄和價格表。	C'est le catalogue et la liste de prix.
這種產品是今年最流行的款式。	Ces produits sont les plus populaires de cette année.
設計非常時尚。	Le design est à la mode. 類 Le design est unique. 設計很有特色。
品質怎麼樣？	Comment est la qualité? 承 Totalement fiable. 完全可靠。

166.mp3

該產品物美價廉。	Ce produit est de bonne qualité et à un prix modéré.
我們的品質是無與倫比的。	La qualité de notre produit est unique. 反 Il est de mauvaise qualité. 它品質很差。
下周有一些新產品，歡迎您過來看看。	Il y a de nouveaux produits la semaine prochaine, soyez la bienvenue pour jeter un coup d'oeil. 承 Si je suis libre, je viendrais. 如果有空一定來。
這是世界品牌之一。	Cette marque est l'une des marques célèbres du monde. Elle est bien appréciée des dames.
我們公司一向重質不重量。	Notre entreprise fait attention à la qualité plus qu'à la quantité.
我們正努力把產品的品質與國際接軌。	Nous nous efforçons de mettre la qualité de notre produit en conformités avec les normes internationales.
我們的產品和服務深得信賴。	Nos produits et services sont bien fiables.
這種產品是我們的暢銷品之一。	Cette sorte de produit est l'un des plus populaires.
雖然不完全相同，但這款產品和您想要的類似。	Bien que ce ne soit pas exactement le même, ce produit est semblable à ce que vous voulez.
我將給您推薦這個品牌。	Je vais vous recommander cette marque.
我可以儘量給您七折。	J'essaye de vous faire 30% de réduction.

167.mp3

現在和將來都很值得擁有。	Ça en vaut la peine maintenant et dans l'avenir. en 是副代詞，在句中代替 la peine 的名詞補語。
我們可以提供給您最新的設計以及一定的折扣。	Nous pouvons vous fournir le dernier design et une certaine réduction.
我們的產品佔據了主要市場。	Notre produit occupe le marché principal. 承 On voit souvent nos produits sur le marché international. 現在國外市場上經常看到我們的產品。
希望您常來我們的店，再見！	J'espère que vous fréquenterez notre magasin. Au revoir!
儘管貴了點，但品質是值得這個價的。	Bien que le produit soit cher, sa qualité vaut le prix.
很多顧客對此產品評價很高。	De nombreux clients apprécient hautement ces produits.
我們公司有嚴格的品質要求。	Notre société a des règlements stricts de qualité.
我們的商店只銷售世界名牌。	Notre magasin ne vend que des marques internationales.
我們的產品有各種尺寸。	Notre produit existe dans tous les formats.
我們對貨物保修一年。	Il y a une garantie d'un an pour nos produits.
我們可以免費為您維修。	Nous pouvons vous les réparer gratuitement.

168.mp3

這台筆記本電腦的長度為 30 厘米。	La longueur de l'ordinateur portatif est de 30 cm.
這台電腦現在真的很便宜。	Cet ordinateur est vraiment bon marché maintenant.
這款影印機正在促銷。	Cette photocopieuse est en promotion. 類 Cette imprimerie est en promotion maintenant. 這種印表機正在進行促銷。
這是國產的，那是進口的。	Celui-ci est un produit national, celui-là est un produit importé.
值得購買。	Cela mérite d'être acheté.
請買一台吧。	Prenez-en un. en 副代詞，代替 un 後面的名詞。在命令句中 en 要放在謂語後面。
您能給我們折扣嗎？	Est-ce que vous pourriez nous faire une remise? faire une remise = faire un rabais 意思為“打折”。
那您希望給您一個什麼樣的折扣呢？	Quel genre de remise voulez-vous? 承 Une remise de 10% sur la base. 原來的基礎上百分之十。
很遺憾，這個價格是不可能的。	Désolé, ce prix est impossible.
這個價格還不夠我們的成本呢。	Ce prix ne couvre même pas notre coût initial.
那您說降多少？	Alors d'après vous, la remise est de combien? 承 5% au maximum, pas plus. 最多百分之五，不能再降了。
您的預算大約是多少？	Quel est votre budget à peu près? 承 2000 yuans au maximum. 最高 2000 元。

169.mp3

您覺得這個價格合適嗎？	D'après vous, est-ce que ce prix est convenable? 承 Je le trouve un peu cher. 我覺得有點貴。
我們希望先商談一下價格。	Nous voulons d'abord discuter le prix.
我立刻和客戶商量一下價格。	Je vais négocier le prix avec nos clients maintenant.
您什麼時候能給我報價？	Quand est-ce que vous pouvez me donner une offre? 承 Vous aurez notre réponse dans une heure. 一個小時之後給您回答。
這樣的價格很難接受。	Il est difficile d'accepter un tel prix. 承 Mais vous savez, nos produits sont de très bonne qualité. 但您要知道我們的產品質量很好。
我想這價錢對我們來說還是相當高。	Je crois que ce prix est encore très élevé pour nous. 反 Je crois que ce prix est très bas pour nous. 我想這價錢對我們來說太低了。
麻煩您替我爭取合適的價格。	Je vous prie de tenter d'obtenir un prix convenable à ma place.
那我們就各讓一步吧。	Alors, faisons-nous des concessions mutuelles.
促銷活動持續到什麼時候？	Cette promotion va durer jusqu'à quand? 承 Jusqu'à la fin de cette semaine. 持續到周末。

關鍵字

產品 le produit
樣品 un échantillon
受歡迎的 populaire
質量 la qualité
折扣 la réduction
最新設計 le dernier design

付款和交貨

170.mp3

您以什麼方式付款？	Vous payez par quel moyen?
您可以用信用卡付款。	Vous pouvez payer par carte de crédit.
請您到收銀台前付款。	Je vous prie d'aller payer à la caisse.
總共多少錢？	Ça fait combien, au total? 承 1000 Euros, tout compris. 一共 1000 歐元。
請問您有我們的會員卡嗎？	Est-ce que vous avez la carte de membre? 承 Non, comment faire pour en avoir une? 沒有，怎麼辦理？ Vous allez demander au comptoir service d'information et de réception. 請到服務台去辦理。
不好意思，我多收了您 20 歐元。	Excusez-moi, vous m'avez rendu 20 euros de plus. 反 Excusez-moi, je vous ai reçu 20 euros de moins. 我們少收了您 20 歐元。 vous 是間接賓語人稱代詞，在複合時態中要放在助動詞前。
如使用信用卡，請到那邊的收銀台前站排。	Si vous payez par carte de crédit, faites la queue devant la caisse de ce côté-là, s'il vous plaît.
那太麻煩了，那還是用現金支付吧。	Alors, c'est trop compliqué, je vais payer en espèce.

171.mp3

可以用現金、支票、或信用卡嗎？	Est-ce que je peux payer en liquide, par chèque ou par carte de crédit? 承 Oui, ça dépend de vous. 可以，這取決於您。
不好意思，我們不接受支票。	Désolé, nous n'acceptons pas de chèque.
請給我開張收據。	Donnez-moi un reçu, s'il vous plaît.
對不起，付款期已超過 4 天了。	Désolé, mais vous avez déjà dépassé de quatre jours le délai de paiement.
您能再寬限我一個月結賬嗎？	Pouvez-vous me donner un mois pour arrêter le compte?
我們不接受延期付款。	Nous n'acceptons pas la remise du délai de paiement.
這個月底前必須結賬。	Il vous faut arrêter le compte avant la fin de ce mois. 承 Rassurez-vous, j'y arriverai sûrement. 請放心，這我一定能做到。
可以用英鎊付款嗎？	Est-ce que je peux payer en livre sterling? 承 Livres sterling et dollars sont acceptés, venez ici, s'il vous plaît. 用英鎊和美元都可以，請到這邊來。
用日元付款可能會有困難。	Il y aura des difficultés si vous payer en yens japonais.
如果單據有問題，當然可以提出拒收。	S'il y a des problèmes avec des reçus, vous pouvez certainement refuser.
外貿出口主要的付款方式有三種：信用證、電匯、付款交單。	Il y a principalement trois moyens de paiement pour l'exportation: lettre de crédit, transfert télégraphique, document contre paiement.

172.mp3

信用證用得最多。	la lettre de crédit est le moyen le plus utilisé.
我想同您討論一下付款條件。	Je voudrais discuter avec vous des conditions de paiement.
我們希望你們接受付款交單方式。	Nous souhaitons que vous acceptiez la façon de paiement contre document.
考慮到我們多年的合作，這次接受付款交單方式。	Etant donné notre coopération depuis plusieurs années, nous acceptons cette fois-ci la façon de paiement contre document.
我們可以接受你們貨到付款的提議。	Nous pouvons accepter votre proposition sur le paiement à l'arrivée des marchandises.
我們這次交易可以用付款交單方式嗎？	Peut-on payer par document contre paiement cette fois? 承 Il vaut mieux payer par lettre de crédit, si c'est possible. 如可能，最好還是使用信用證。
我們除接受信用證付款外，不能接受別的付款方式。	Nous n'acceptons pas d'autres moyens de paiement que la lettre de crédit.
我們出口一向要求以信用證付款。	Nous demandons toujours de payer par lettre de crédit. 類 Pour l'importation, nous acceptons aussi la lettre de crédit. 進口我們也採取信用證付款。
我最關心的是交貨時間。	Ce qui m'intéresse le plus, c'est la date de livraison.
你們什麼時候能交貨？	Quand est-ce que vous allez livrer les marchandises?
我想我們能夠按期交貨。	Je crois que nous pouvons les livrer à la date fixée.

173.mp3

我非常擔心貨物遲交。	J'ai bien peur que la livraison ne soit en retard.
我希望你們五月底交清所有貨物。	J'espère vous livrer toutes les marchandises fin mai. 類 Nous allons faire au mieux pour livrer toutes les marchandises fin mai. 我們會盡最大努力五月底交清所有貨物。
你們能不能想辦法提前交貨？	Est-ce que vous pouvez essayer de trouver une solution pour en livrer en avance? 承 Cela est difficile. Nous sommes en pleine saison, donc les transporteurs sont très pris. 這很難做到，現在是旺季，運輸很忙。
哪怕早一個星期也行啊。	J'espère même une semaine plus tôt.
你們最快什麼時候可以交貨？	Quand est-ce que vous pouvez livrer le plus tôt? 承 A la fin de cette année. 今年年底。
我想你們本月底前可以得到首批二千件。	J'estime que vous pouvez obtenir le premier lot de 2000 pièces avant la fin de ce mois.
我們在今年十二月或明年初交貨。	Nous allons livrer en décembre ou au début de l'année prochaine.
我們會盡最大努力將交貨期提前到六月初。	Nous allons nous efforcer d'anticiper la livraison début juin.

關鍵字

付款 payer
收銀台 la caisse
商品 la marchandise
信用證 la lettre de crédit
付款交單 le document contre paiement
交貨 la livraison

包裝和運輸

174.mp3

你們要採取哪種包裝方式？	Quelle sorte d'emballage utilisez-vous?
我們一直用紙箱包裝。	Nous les emballons dans du carton.
我擔心用紙箱不夠結實。	J'ai peur que le carton ne soit pas suffisamment solide.
放心，我們的包裝是靠得住的。	Ne vous inquiétez pas, nos emballages sont sûrs.
包裝是我們公司的強項。	L'emballage est une force de notre entreprise.
我們用紙箱裝商品，然後裝到木箱裡。	Nous mettons les produits dans des cartons, et puis nous les remettons dans les boîtes de bois. les 是直接賓語人稱代詞，作 remettons 的直接賓語。
您會採取什麼措施防潮呢？	Quelle mesure prenez-vous pour lutter contre l'humidité?
我們產品的包裝經得起運輸過程中的碰撞和各種惡劣的天氣。	Notre emballage des produits peut résister aux chocs pendant le transport et à tous les genres de mauvais temps.
我覺得包裝應該美觀、實用。	D'après moi, l'emballage doit être beau et pratique.
我們欣賞您這個包裝創意。	J'admire votre conception d'emballage.

175.mp3

請細心包裝此物，這些產品易碎。	Ces marchandises sont fragiles, emballez ces objets soigneusement.
包裝必須十分堅固，以承受搬運。	L'emballage doit être solide pour supporter le transport.
你們的包裝不會有什麼差錯吧？	Votre emballage n'aura-t-il pas de défauts? 承 Soyez tranquille sur ce point. 這點您盡可放心。
目前還沒有客戶抱怨我們的包裝有問題。	Actuellement, personne ne se plaint de nos emballages.
我們希望新包裝會使顧客滿意。	Nous espérons que notre nouvel emballage pourra satisfaire tous les clients.
買主總是很注意包裝。	Les acheteurs prêtent toujours attention à l'emballage.
所以改進包裝方法是非常必要的。	C'est pourquoi il est nécessaire d'améliorer la méthode d'emballage.
包裝也會影響到我們產品的信譽。	L'emballage peut influencer la réputation de nos produits.
不同商品需要不同包裝。	Les différents articles ont besoin de différents emballages.
醒目的包裝有助於我們推銷商品。	L'emballage voyant contribue à la promotion de vente de nos produits.
如果包裝成功，我們的產品就會更受歡迎。	Si les emballages sont de qualité, nos produits seront très populaires.
包裝是不可忽視的問題。	L'emballage est un problème qu'on ne peut pas négliger.

176.mp3

我們已經通知廠商按你們的要求包裝。	Nous avons prévenu la compagnie d'emballer selon votre demande.
這些產品由於包裝不好影響了銷售。	A cause du mauvais emballage, la vente de ces produits est très affectée.
為吸引顧客，你們應該改善包裝上的色彩和圖案。	Afin de séduire les clients, vous devez améliorer les couleurs et le design des emballages.
包裝在產品促銷中起重要的作用，特別是自選銷售方式中。	L'emballage joue un rôle important dans la promotion, particulièrement dans les magasins libres-services.
我們來討論一下運輸方式。	Nous pouvons discuter des moyens de transport.
我們談談運輸問題吧。	Maintenant, nous discutons des problèmes de transport.
聽說你們對運輸工作很在行。	On dit que vous êtes expert en transport. 反 Le transport m'est totalement étranger. 我完全不懂運輸工作。 me 是間接賓語人稱代詞，在句中作名詞謂語 est+étranger 的間接賓語。
我們承攬去世界各地的貨物運輸。	Nous entreprenons des transports de marchandises aux quatre coins du monde.
你想怎麼發送貨物？	Par quel moyen vous expédiez vos marchandises?
您發貨用鐵路還是航空？	Voulez-vous les expédier par chemin de fer ou par avion?
請下月底通過火車發貨給我們。	Expédiez-nous la commande par chemin de fer à la fin du mois prochain.

177.mp3

我們希望貴方採用空運我們的貨物。	Nous désirons que vous expédiiez nos marchandises par avion.
由於我們急需此貨，我們要求空運。	En raison de besoin urgent, nous revendiquons un transport aérien.
如果空運，一個星期就到了。	Si vous voulez un envoi par avion, les marchandises arriveront dans une semaine.
您要知道空運是很貴的。	Vous devez savoir que le transport par avion est trop cher.
航空運輸費用太高。	Les frais de transport aériens sont trop chers. 類 Les frais ferroviaires sont moins chers. 鐵路運輸費用較低。
我們希望海運。	Nous aimons les expédier par bateau.
我們希望貴方採用海運我們的貨物。	Nous espérons que vous envoyez nos marchandises par bateau.
請下月初通過一流的貨船發貨給我們。	Expédiez-nous la commande par navire de première classe au début du mois prochain.
能立即安排裝船嗎？	Pourriez-vous organiser le chargement du navire tout de suite?
我覺得不可能立即裝船。	Je crois qu'il n'est pas possible de charger des navires tout de suite.
我得仔細檢查一下貨物清單。	Je dois vérifier soigneusement la liste des marchandises.

關鍵字

包裝 un emballage	方法 la méthode
顧客 le client	運輸 le transport
滿足 satisfaire	發送 expédier

投訴和索賠

178 mp3

如你遇到不滿意，可以投訴。	Si vous n'êtes pas satisfait, vous pouvez déposer une plainte.
我對你們出售的產品很不滿意。	Je ne suis pas satisfait de vos produits vendus.
我對你們 2 號售貨員的服務非常不滿意。	Je ne suis pas satisfait du service du vendeur No 2.
她對顧客很不熱情，提出的問題回答很不認真。	Elle n'est pas enthousiaste pour les clients et n'est pas sérieuse dans ses réponses.
有什麼問題嗎？	Est-ce qu'il y a un problème?
你沒打電話投訴嗎？	Vous n'avez pas téléphoné pour déposer une plainte?
你知道投訴電話嗎？	Connaissez-vous le numéro de téléphone de plainte?
我打電話投訴產品問題。	Je téléphone pour déposer une plainte suite à un problème des produits.
我正打電話投訴服務問題。	Je téléphone pour déposer une plainte suite à un problème du service.
能給我換個房間嗎？這兒太吵了	Est-ce que je peux changer la chambre? Elle est trop bruyante.

179.mp3

請問這件衣服是乾洗的嗎？	Est-ce que vous avez nettoyé à sec cette veste?
您看縮水了，我已經穿不了了。	Voyez, elle a rétréci au lavage, je ne peux plus la porter.
我在這兒買的電視機出故障了。	La télévision que j'ai achetée ici est en panne.
電視機哪兒出毛病了？	Qu'est-ce qui ne marche pas? 承 L'image est instable. 圖像不穩定。
我剛買的電視機，突然爆炸了。	La télévision que je viens d'acheter a soudain explosé.
這雙鞋在你們商店購買的。	J'ai acheté cette paire de chaussures dans votre magasin.
穿了不到一個月就壞了。	Cette paire de chaussures, que je n'ai mise que moins d'un mois, est détraquée.
你想更換還是退錢？	Vous voulez le changer ou le retourner? 承 Donnez-m'en un nouveau, s'il vous plaît. 給我更換吧。 m'en 是間接賓語人稱代詞和副代詞，請注意其在句中的位置。
我必須今天換新的。	Il faut me le changer pour aujourd'hui.
我要求退貨，買其他牌子的。	Je voudrais le retourner pour acheter une autre marque.
我必須退貨，要不然我要投訴了。	Je dois absolument le retourner, sinon, je vais déposer une plainte.
我們現在向貴方索賠。	Nous vous réclamons l'indemnité maintenant.

180.mp3

我來你們公司是為了處理索賠問題。	Je viens pour gérer la réclamation
請儘快考慮我們的索賠要求。	Réfléchissez le plus tôt possible à notre réclamation, s'il vous plaît.
我們可以考慮撤銷索賠。	Nous pouvons considérer d'annuler la réclamation.
我立即寫信給我們公司提出放棄索賠。	J'écris tout de suite à notre société pour annuler la réclamation.
向貴公司索賠我方全部合約金額的百分之五。	Nous réclamons à votre société l'indemnité de 5% de la totalité du montant du contrat.
我們提出索賠十萬港幣。	Nous vous formulons une réclamation pour 100 mille dollars de Hong Kong.
由於貴方失誤，我們的收入受到嚴重影響。	En raison de vos erreurs, nos revenus sont sévèrement touchés.
由於產品品質低劣，我們要求你們賠償五萬美元。	Nous vous formulons une réclamation pour 50000 dollars à cause de la mauvaise qualité de vos produits.
聽說你們已經向我們提出了索賠。	Nous entendons dire que vous nous avez formulé une réclamation.
我們已經收到了內容詳盡的索賠信件。	Nous avons reçu une lettre de réclamation ayant un contenu précis. 承 Quand répondrez-vous? 你們什麼時候給予答覆？ La semaine suivante au plus tard. 最晚下周。

181.mp3

我認為船公司和保險公司應負責賠償。	Je pense que la société de bateau et celle de l'assurance se chargent du dédommagement.
很抱歉我們不接受你方索賠。	Désolé, nous ne pouvons pas accepter votre réclamation.
我想我們只能賠償貴方百分之三的損失。	Nous ne pouvons indemniser que 3% de votre perte.
我們保證在以後的交貨中不會出現類似的事件。	Nous vous assurons que les fautes similaires ne se présenteront pas dans le future. vous 是間接賓語人稱代詞，在句中作 assurons 的間接賓語。
希望這件事不會影響我們之間的關係。	J'espère que cette affaire n'influencera pas notre relation. 承 A condition que vous n'ayez plus ce genre d'incidents, nous ne vous en poursuivrons plus. 只要你們不再出現這種現象，我們不會再追究的。
我們很快拿出賠償方案。	Nous montrons le plus tôt possible le plan de compensation.
請耐心等待幾天。	Je vous prie d'attendre quelques jours avec patience.
我們保證受損的全部更換新產品。	Nous vous assurons que les marchandises endommagées seront remplacées.
我們已經收到貴方解決我們索賠問題的匯款。	Nous avons reçu votre mandat pour régler notre réclamation.

關鍵字

投訴	déposer une plainte	要求	la réclamation
故障	la panne	不足	une insuffisance
賠款	une indemnité	關係	la relation

語法6：同一動詞的賓語人稱代詞和副代詞 en 和 y 的位置

人稱代詞用來代替前文提及的一個名詞或片語，以避免重複。人稱代詞放在有關動詞前面（重讀人稱代詞除外），有性、有數的變化。

一個動詞可以有兩個人稱代詞做賓語（包括 y, en），其前後排列可以分兩種情況。

1. 除肯定命令句外，代詞一般放在動詞前面，次序如下：

	1	2	3	4	5	6	
(ne)	me te se nous vous	le la les	lui leur	y	en	verbe	(pas)

例如：

① Est-ce qu'il vous a donné ces fleurs? Oui, il me les a données. 他把那些花送給您了嗎？是的，他送給我了。

② Paul ne sait pas encore la nouvelle, je vais la lui annoncer. 保爾還不知道這條消息，我去告訴他。

③ Combien de revues a-t-il apportées aux étudiants? Il leur en a apporté trois. 他給學生帶來了幾本雜誌？給他們帶來了三本。

2. 在肯定命令句中，代詞放在動詞後面，次序如下：

	1	2	3	4
verbe	-le -la -les	-moi -toi -lui -nous -vous -leur	-y	-en

例如：

① Voici des baguettes. Servez-vous-en. 這兒是筷子。請自己取用。

② Il s'est lavé les mains. Lave-les-toi aussi.
他已經洗過手了，你也洗洗手吧。

③ Si vous avez lu ce roman, prêtez-le-moi s'il vous plaît.
如果您看完了這本小説，請借給我。

Chapter 7

表達意見

回應是否問題

184.mp3

對，是這樣。	Oui, c'est ça.
是，肯定如此。	Oui, certainement.
毫無疑問。	Sans aucun doute.
百分之百肯定。	C'est sûr à cent pour cent.
再確定不過了。	Rien n'est plus vrai. 同 Rien de plus certain.
這是真的。	C'est vrai. 反 Ce n'est pas vrai. 這不是真的。 Ce 是指示代詞，在句中作主語。
這是不容置疑的。	C'est incontestable.
這是事實。	C'est un fait.
當然是。	Bien sûr que oui. 反 Bien sûr que non. 當然不是。
是的，這是很可能的。	Oui, c'est bien possible.
你説得對。	Tu as raison. 反 Tu as tort. 你説得不對。
這完全正確。	C'est tout à fait exact.

185.mp3

我絕對肯定。	J'en suis sûr et certain. 同 J'en suis persuadé.
不，不是那樣。	Non, ce n'est pas comme ça.
這不可能。	C'est impossible.
不，絕對不行。	Non, absolument pas. 同 Non, jamais de la vie.
這不可以。	Ça ne va pas. va 是動詞謂語，是動詞 aller 直陳式現在時的第三人稱單數的動詞變位。
我認為不是。	Je crois que non. 反 Je crois que oui. 我認為是。
您在取笑我，這很明顯。	Vous vous moquez de moi, c'est clair.
您肯定搞錯了。	Vous vous êtes trompé certainement.
我說的根本不是那個意思。	Ce n'est pas du tout ce que je voulais dire.
我從來沒說過這樣的話。	Je n'ai jamais dit de telles paroles.
很顯然，您誤會了。	Evidemment, vous avez mal compris.
我不相信您說的話。	Je ne crois pas ce que vous avez dit.

關鍵字

動詞 croire 的直陳式現在時變位

je crois	nous croyons
tu crois	vous croyez
il (elle) croit	ils (elles) croient

贊成與反對

186.mp3

您贊同他的觀點嗎？	**Approuvez-vous son point de vue?** 承 Non, je le désapprouve. 不，我不贊成。
我同意。	**Je suis d'accord.** 反 Je ne suis pas d'accord. 我不同意。
我贊成您。	**Je suis de votre avis.**
我同意您的看法。	**Je suis de votre avis.** 同 Je suis de votre opinion.
我部分同意。	**Je suis partiellement d'accord.**
我還有保留意見。	**J'ai quelques réserves à faire.** 類 J'ai une vision un peu différente. 我還有些不同的看法。
我完全贊同您的想法。	**Je partage parfaitement votre idée.**
您說的有道理。	**Vous êtes tout à fait dans le vrai.** 同 Vous avez raison.
我沒有任何反對意見。	**Je n'ai aucune objection.** 承 Alors, c'est décidé. 那麼，就這樣決定了。
我同意這種安排。	**Je consens à cet arrangement.** 反 Je m'oppose à cet arrangement. 我不同意這種安排。
我樂觀其成。	**J'y consens avec plaisir.**
這是我肯定的答覆。	**Voilà ma réponse affirmative.** 反 Voilà ma réponse négative. 這是我否定的答覆。

187.mp3

請相信我，我贊成您。	Comptez sur moi , je vous approuve.
我反對您的說法。	Je m'oppose à ce que vous avez dit.
我不贊成這種看法。	Je ne suis guère favorable à ce point de vue.
我坦率地告訴您，我反對您。	Je vous dis franchement que je suis contre vous. 反 Je suis de votre côté. 我支持你。
您的建議不適合我們。	Votre proposition ne nous convient pas.
對這種非正義行為，我提出抗議。	Je proteste contre cette injustice.
請允許我表達與您不同的意見。	Permettez-moi de ne pas partager votre avis.
您的觀點未必能站得住腳。	Votre opinion tient difficilement debout. 類 Votre opinion est fort discutable. 你的意見很容易引起爭論。
我覺得這種想法沒有太多根據。	Je pense que cette idée n'est pas bien fondée.
您的想法從根本上就是錯誤的。	Votre idée est radicalement fausse. 繫動詞 être+ 名詞或形容詞構成名詞謂語，因此 est 和 fausse 是名詞謂語。
您大概是弄錯了。	Il est probable que vous êtes trompé.

關鍵字

肯定的	affirmatif	affirmative
否定的	négatif	négative
不同的	différent	différente

邀約與回應

188.mp3

太好了。	C'est chouette.
沒問題。	Pas de problème. Appelez-moi ce soir à neuf heure. 晚上九點打電話給我。 Pas de problème. 沒問題。
為什麼不呢？	Pourquoi pas? Pourriez-vous prendre le dîner avec moi ce soir. 今晚您能和我一起吃晚飯嗎？ Pourquoi pas? Avec plaisir! 為什麼不呢？我很樂意！
我接受您的建議。	J'accepte votre proposition.
我很愉快地接受您的邀請。	Ça me fait un grand plaisir d'accepter votre invitation. 同 J'accepte volontiers votre invitation.
可以，我還沒做其他安排。	Ça va, je n'ai encore rien prévu.
我想我會有時間。	Je pense que j'aurai du temps.
我一定準時到。	J'arriverai à l'heure. Nous nous retrouverons à midi. 我們中午見吧。 J'arriverai à l'heure. 我一定準時到。 在句中 à midi 做時間狀語。
我隨時都有空。	Je suis toujours disponible.

189.mp3

這不妨礙我。	Ça ne me dérange pas.
星期日我有空。	Je suis libre ce dimanche. 承 Alors, je viens vous prendre. 那我來接您吧。 Merci. 謝謝。
我在電影院門口等您。	Je vous attendrai devant le cinéma. 承 On ne part pas tant qu'on ne s'est pas trouvé. 不見不散。 C'est entendu. 就這麼說定了。
您真是太好了，但我沒空。	Vous êtes très gentil, mais je suis occupé. 同 C'est très gentil de votre part, mais je suis occupé.
太不湊巧了，我有一個會議。	Malheureusement, j'ai une réunion.
我已經有很多安排了。	J'ai déjà un programme très chargé.
很遺憾，這對我來說是不可能的。	Je regrette, mais cela m'est impossible.
很不巧，我不能和你們一起了。	Je ne pourrai malheureusement pas me joindre à vous.
謝謝您的好心，不過我會找到辦法的。	C'est très gentil à vous, mais je trouverai une solution.
很抱歉，今晚我沒空。	Désolé, je n'ai pas de temps ce soir.
我很難接受您的想法。	J'ai du mal à accepter votre idée. 同 Il est très difficile pour moi d'accepter votre idée.

190.mp3

很抱歉，我不能答應您。	Je suis désolé, je ne peux pas vous le promettre.
真的很遺憾，我沒時間。	C'est vraiment dommage, je n'ai pas de temps.
我不確定我能來。	Je ne suis pas sûr de pouvoir venir. de pouvoir venir 作 sûr 的形容詞補語。
我還有事情沒有處理完。	J'ai encore affaires à régler. 承 Est-ce que je peux vous aider? 我能幫您嗎？ Ce n'est pas possible. 不可能。
對不起，我們可否換一天見面？	Pardon, on peut se voir un autre jour? 承 Dans dix jours, ça va? 十天後怎麼樣？ Oui, ça va. 可以。
這對我好像有些困難。	Cela me paraît difficile.
我們想約您見面。	Nous voulons un rendez-vous avec vous.
我很高興見到你們。	Je serai content de vous voir.
明天你忙嗎？	Etes-vous occupé demain? 承 Demain je dois rattraper les cours. 明天我要補課。
那什麼時候您方便呢？	Quand vous êtes libre alors? 承 Je suis libre mercredi. 星期三我有空。
我幾點去找您合適？	A quelle heure je vais vous rendre visite? 承 Je suis au bureau toute la journée. 我一天都在辦公室。

191.mp3

我明天下午兩點來找您行嗎？	Est-ce que je pourrais vous voir à 14 heures demain?
早點回來，別忘了今晚的約會。	Rentrez le plus tôt possible, et n'oubliez pas le rendez-vous pour ce soir.
我們在哪兒見面？	Où nous rencontrons-nous? 同 Où est-ce qu'on se trouve?
我們幾點去找您呢？	A quelle heure pourrons-nous aller chez-vous? 承 A n'importe quelle heure. Je reste à la maison toute la matinée. 我整個上午都在家裡，幾點來都行。
這個周末有沒有什麼特別的計劃？	N'avez-vous pas quelque chose de prévu ce week-end?
我的時間排不開，星期三行嗎？	J'ai un contre-temps. Ça vous va mercredi?
我有一個會議，我們晚一個小時見面行嗎？	J'ai une réunion, on se voit une heure plus tard?
我有點急事走不開，我們另定個時間吧。	Je suis retenu par quelque chose d'urgent, on peut fixer un autre rendez-vous.
這個假期我去爬山，您感興趣嗎？	Je vais faire de la montagne pendant ces vacances, vous y intéressez-vous? 承 Je m'y intéresse beaucoup. Faire la montagne, je l'adore. 非常感興趣，我喜歡爬山。
今晚有沒有興趣去跳舞？	Avez-vous l'intention d'aller danser? 類 Avez-vous l'intention d'aller au cinéma? 今晚有沒有興趣去看電影？

192.mp3

我想約您今晚去跳舞，您有時間嗎？	Je voudrais vous inviter à danser ce soir, êtes-vous libre? 承 Malheureusement, je ne le pourrai pas. 很可惜，我不能去。
周五晚上大家出去玩，您想參加嗎？	Vendredi soir, nous allons nous amuser, voulez-vous venir? 承 J'aimerai bien, mais j'ai un empêchement. 我很樂意，但我脱不開身。 Vendredi soir 在句中作時間狀語，“星期”作狀語，不用冠詞。
今天天氣非常好，我們出去散步吧。	Aujourd'hui, il fait très bon, allons nous promener.
這個星期六晚上要不要去看一場樂團表演？	Allons-nous voir la représentation d'un orchestre ce samedi soir?
您什麼時間能來參加我們的野餐呀？	Quand pouvez-vous venir participer à notre pique-nique? 承 Maintenant je ne peux pas, je suis très pris. 現在不可以，我特別忙。
這個星期天您有時間嗎？	Avez-vous le temps ce dimanche?
我想邀請你去看時裝表演。	Je voudrais vous inviter à regarder le défilé de mode. 承 Je voudrais bien, mais aujourd'hui, j'ai bien peur que non. 我很想，但今天恐怕不行。
明天晚上希望您能帶夫人來我家做客。	J'espère que vous serez mon invité avec votre femme demain soir. 承 Je suis désolé, j'ai d'autres engagements. 真對不起，我另有安排。
您真是太客氣了，但是我還有工作要做。	C'est très gentil de votre part, mais j'ai du travail à faire.

193.mp3

我現在不能給你答覆，但我會考慮的。	Je ne peux pas vous répondre maintenant, mais je vais y réfléchir. 類 J'ai besoin d'un peu de temps pour réfléchir à cette question. 我需要一點時間思考這個問題。
您不能來，我們感到很遺憾。	Nous regrettons que vous ne puissiez pas venir.
我們還可以再見面嗎？	Pourrons-nous nous revoir? 承 Bien sûr que oui. Je vous téléphonerai souvent. 當然能，我會經常給你打電話的。
我們還是在常去的那家咖啡館見面吧。	Revoyons-nous dans le café que nous fréquentons.
明天我們逛商場怎麼樣？	On va faire des courses demain? 承 J'y pensais aussi. 我也那麼想的。
我們去哪家商場呢？	Dans quelle grande surface va-t-on?
下班後在公司門口等我，我來接您。	Attendez-moi devant la société après le travail, je vous prendrai en voiture.
我早就把這個晚會記在記事本上了。	Je l'ai déjà noté dans mon agenda.
我下午一點準時到。	J'arriverai à l'heure, à 13 heures. 承 Je vous attendrai dans le bureau. 我在辦公室等你。
晚上七點在劇場門口見面。	On se trouve à 7 heures du soir à l'entrée du théâtre.

關鍵字

接受 accepter	答應 promettre
空閒的 disponible	約會 le rendez-vous
忙的 occupé, e	野餐 le pique-nique

建議與回應

194.mp3

您覺得這部電影怎麼樣？	Comment trouvez-vous ce film? 承 Pas mal. 我覺得不錯。
我覺得這個電影很糟糕。	Je trouve que ce film est désastreux.
您對這類事情怎麼看？	Que pensez-vous de telles choses?
我認為現在不是下結論的時候。	Ce n'est pas le moment de tirer une conclusion.
我想您一定有很多好主意吧？	Je pense que vous devez avoir beaucoup de bonnes idées, non?
在您看來，我應該怎麼辦？	Comment dois-je faire d'après vous?
您要是遇到這樣的事會怎麼辦？	Comment allez-vous faire si vous rencontrez une telle chose?
請您坦率地告訴我你的看法。	Dites-moi franchement ce que vous pensez.
請您直截了當。	Dites-le-moi franchement. 類 Ne tournez pas autour du pot s'il vous plaît. 請你不要拐彎抹角。
您就答應了吧！	Promettez-le s'il vous plaît. 類 Acquiescez d'un signe de la tête s'il vous plait. 您就點個頭嘛！

195.mp3

難道您不喜歡這個提議嗎？	Alors, vous n'aimez pas cette proposition? aimez 是動詞 aimer 的第二人稱複數的動詞變位，在句中作動詞謂語。
我想不出比這更糟糕的提議啦。	Je ne trouve pas la proposition pire que celle-là.
您就幫我想想辦法吧！	Aidez-moi plutôt à trouver un autre moyen.
您能告訴我哪兒出了問題嗎？	Pouvez-vous me dire où il y a un problème? 承 Je ne peux vous donner aucune information. 我無法向你提供任何消息。
這個計劃太完美了！	Ce projet est très parfait. 反 Ce projet est très désastreux. 這個計劃太糟糕了！
如果我是您，我就不這樣做了。	Je n'aurais pas fait comme ça, si j'étais vous. 類 Je ne répondrais pas tout de suite, si j'étais vous. 如果我是你，我就不馬上答覆。
您想聽聽我的建議嗎？	Voulez-vous écouter mes suggestions? 承 Dites ce que vous voulez, ne vous inquiétez pas. 你想什麼就說什麼，不要顧慮。
您的建議解決了我們的難題。	Votre suggestion a résolu nos problèmes.
您指出了問題的關鍵。	Vous avez souligné la clé du problème.
您的意見很具體，不過能行得通嗎？	Vos points de vue sont très précis, mais ils sont réalisables?

196.mp3

我建議您還是先試試吧。	Je vous conseille d'essayer d'abord.
你為什麼不試試呢？	Pourquoi n'essayez-vous pas?
您的建議不可行。	Votre suggestion n'est pas valable. 類 Je suis contre votre projet. 我反對你的方案。
我想你們應該能冷靜地考慮此事。	Je pense que vous devriez réfléchir calmement à cette affaire.
希望大家都發表意見。	J'espère que tout le monde va donner son avis.
我強烈推薦這個方案。	Je recommande fortement ce programme.
我建議我們明天再討論。	Je suggère que nous discutions demain. Avez-vous d'autres conseils? 你們還有什麼建議嗎？ Je suggère que nous discutions demain. 我建議我們明天再討論。
我想不到什麼好主意。	Je n'arrive pas à trouver une bonne idée.
您不應該換工作。	Vous ne devez pas changer de travail. 反 Vous devez changer de travail. 你應該換工作。
決定了的事最好不要改變。	Il vaut mieux ne pas changer les choses déjà décidées.
還是改變決定吧，這不太合適。	Il vaut mieux changer cette décision, ce n'est pas convenable. 承 Vous allez le regretter. 您會後悔的。
你要對自己負責，不要亂說。	Vous devez être responsable de vous-même, ne dites pas de bêtises. être+responsible 在句子裡作名詞謂語。

197.mp3

請三思而後行。	Il faut bien réfléchir avant d'agir.
你不要太悲觀了，應該往好處想。	Vous ne devez pas être trop pessimiste, et il faudrait penser plus aux avantages.
關於合約，我想提出幾點看法。	Je voudrais faire quelques observations sur le contrat.
對他們談這些沒什麼意義。	C'est inutile de leur parler de cela.
你看她一點都不能吃苦。	Voyez, elle ne supporte aucune difficulté.
獨立能力太差了。	Elle manque de capacité d'indépendance.
您得有所提高，明白嗎？	Vous devez vous améliorer, comprenez-vous?
我建議您改變您的生活方式。	Je vous suggère de changer votre mode de vie.
您應該多注意鍛煉身體。	Vous devriez accorder plus d'attention à l'exercice.
我建議您最好去看醫生。	Je vous conseille d'aller voir un médecin.
您説我們應該坐飛機還是坐火車？	Nous devrions prendre un train ou un avion d'après vous?
我建議你們最好坐快車，既方便又省錢。	Je vous conseille de prendre le TGV, c'est rapide et économique.

關鍵字

坦率地 franchement
提議 la suggestion
悲觀的 pessimiste
生活方式 le mode de vie
意見 l'observation
勸告 conseiller

語法 7：句子的成分

句子的主要成分是主語和謂語，此還有賓語、狀語、定語、形容語、同謂語、補語等次要成分。

一、句子的主要成分

1. 主語：

主語是句子的主要成分，句子的主體。句子的其他成分，包括謂語在內，都受到主語的制約。作主語的詞可以是名詞、代詞、數詞、動詞不定式、從句等。如：

Je suis journaliste. 我是記者。

Vouloir, c'est pouvoir. 有志者事竟成。

2. 謂語：

謂語是表示主語行為、狀態的成分，受到主語的制約。謂語可以分兩種，動詞謂語和名詞謂語。名詞謂語是由繫動詞加表語構成的，表語一般是形容詞或者名詞。

動詞謂語：Il parle chinois. 他講中文。

名詞謂語：Je suis Chinoise. 我是中國人。

二、句子的次要成分

1. 賓語：

賓語是受謂語動詞支配的句子成分，表示動詞謂語涉及的人或事物。賓語可以是直接賓語或間接賓語。

Il a décidé de rester.

他決定留下來了。

2. 狀語：

狀語修飾、限制或補充謂語，表示動作的狀態、方式、時間、地點和性狀的程式等。在同一個句子中狀語的數目不限。

Je viendrai ici avec ma mère demain.

我明天跟我母親來這裡。

3. 補語：

法語補語有名詞補語、形容詞補語和副詞補語三種。

Il y a un institut de beauté à côté de chez nous.

我家附近有一家美容院。

Chapter 8

表達感受

致謝與回應

200.mp3

謝謝。	Merci.
多謝。	Merci beaucoup.
萬分感謝。	Merci infiniment. 類 Grand merci.
再次表示感謝。	Merci encore une fois.
先謝謝你。	Merci d'avance.
我非常感謝你。	Je vous remercie beaucoup. remercier 是直接及物動詞，直接及物動詞就是不借助於介詞，動作直接作用於賓語。
十分感激您。	Je vous suis bien reconnaissante.
感謝您的光臨。	Je vous remercie d'être venu.
謝謝您的幫助。	Merci pour votre aide. 類 Merci pour votre attention. 謝謝您的關注。
謝謝您的理解。	Merci pour votre compréhension.
您幫了我大忙，謝謝你。	Vous m'avez rendu un sacré service. 同 Vous m'avez donné une grande aide.
我不知道怎樣感謝您。	Je ne sais pas comment vous remercier. 承 Ce n'est rien, je vous en prie. 這不算什麼，不必客氣。
您的禮物我非常喜歡。	J'aime beaucoup votre cadeau. 同 J'adore votre cadeau.

201.mp3

我無法表達對您的感激之情。	Je ne sais comment vous exprimer ma gratitude. 同 Je ne trouve pas les mots pour vous exprimer toute ma gratitude.
謝謝您給我寄來了這些書。	Je vous remercie de m'avoir envoyé ces livres.
非常感謝您幫我找到了我叔叔的家。	Je vous remercie bien de m'avoir aidé à trouver la maison de mon oncle.
我要向您表達衷心的感謝。	Je tiens à vous exprimer mes remerciements.
您的和藹客氣讓我感動。	Je suis touché par votre amabilité.
謝謝您百忙中來看我。	Je vous remercie d'être venu me voir alors que vous étiez très occupé.
謝謝您的熱情好客。	Merci pour votre hospitalité. 類 Merci de votre gentillesse. 謝謝你的熱情。
謝謝您的款待。	Merci pour votre accueil. 承 Ce n'est rien, vous serez la bienvenue. 不用客氣，歡迎你再來。
謝謝您的寶貴意見。	Merci pour votre bon conseil. 類 Merci pour votre proposition. 謝謝你的建議。
謝謝您為我所做的一切。	Je vous remercie de tout ce que vous avez fait pour moi. 承 C'est tout à fait normal, je vous en prie. 這是件很平常的事兒，不用謝。
請向您的父母轉達我的謝意。	Veuillez transmettre mes remerciements à vos parents.
不用謝。	Pas de quoi. 類 De rien. 沒什麼。

202.mp3

您不用客氣。	Je vous en prie. 同 Je t'en prie.
這不算什麼。	C'est la moindre des choses. 同 Ce n'est rien.
這算不上什麼大事。	Ce n'est pas grand-chose.
小事一樁，不值一提。	C'est vraiment peu de chose.
這不值得一提。	Cela ne vaut pas la peine d'en parler.
能對您有所幫助，我感到很高興。	Je suis enchanté de vous avoir été utile.
換了您也會這麼做。	Vous feriez la même chose à ma place.
能為您效勞是我的榮幸。	C'est un honneur pour moi d'être à votre disposition.
我很願意這樣做。	Je le fais avec plaisir.
您不用客氣，我只做了我應該做的。	Je vous en prie, j'ai fait seulement ce que je devais faire.
為你效勞。	A votre service.
不客氣，這是很自然的事情。	Je vous en prie, c'est bien naturel.

關鍵字

無限地 infiniment
理解 la compréhension
感激 la gratitude
謝意 le remerciement
盛情 la gentillesse
服務 le service

致歉與回應

203.mp3

對不起，請原諒。	Pardon, excusez-moi.
我請您原諒。	Je vous demande pardon. 同 Je vous prie de m'excuser.
恕我冒犯。	Excusez-moi de vous avoir froissé.
真抱歉。	Je m'excuse.
我實在是抱歉。	Je vous présente toutes mes excuses. 同 Je suis vraiment désolé.
是我不對。	C'est de ma faute.
請您別生我的氣了。	Ne m'en veuillez pas, je vous en prie. 承 Je ne vous en veux pas. 我不生你的氣。
我誠心向您道歉。	Je vous fais toutes mes excuses. fait 是動詞 faire 第三人稱單數變位，因為是直接及物動詞，後面可跟直接賓語。
萬分抱歉。	Mille pardons!
我來晚了，請原諒。	Pardonnez-moi d'être en retard. 同 Je suis en retard, veuillez m'excuser.
很抱歉給您添麻煩了。	Excusez-moi de vous avoir fait du mal. 同 Pardonnez-moi de vous avoir causé beaucoup d'ennuis.
又打擾您了，請原諒。	Pardonnez-moi de vous déranger encore.

204.mp3

我非常遺憾不能幫您。	**Je regrette de ne pas pouvoir vous aider.** 承 Vous m'avez déjà donné une grande aide, je vous remercie beaucoup. 你已經給了我很大幫助，謝謝你。
對不起，讓您久等了。	**Excusez-moi de vous avoir fait attendre si longtemps.** 類 Pardonnez-moi de vous avoir fait venir en vain. 很抱歉讓你白跑了一趟。
請原諒我的缺席。	**Excusez-moi de mon absence.** 類 Excusez-moi de ma négligence. 請原諒我的疏忽。
抱歉失約了。	**Pardonnez-moi d'avoir manqué le rendez-vous.** 承 Cela n'a pas d'importance, je me suis déjà retrouvé dans une telle situation. 不要緊，我也有過這種情況。
很抱歉這個時候打電話給您。	**Excusez-moi de vous téléphoner à cette heure.**
對這次事件我感到非常抱歉。	**Je vous prie de m'excuser pour cet accident.** 承 Vous êtes très poli, c'est pas la peine. 您太客氣了，用不着。
請不要怪我，我也是迫不得已。	**Ne me blâmez pas, je suis obligé，moi aussi.**
我不是故意的，請原諒。	**Je suis désolé, je ne l'ai pas fait exprès.** 承 Je comprends bien, ne sois pas trop triste. 我很清楚，不要太難過。
我永遠也不能原諒自己。	**Je ne me pardonnerai jamais.** 承 Ne vous le reprochez pas trop. 您不要過分譴責自己。
這類錯誤是不能原諒的。	**Ce genre de faute ne se pardonne pas.**

205.mp3

沒關係。	Ça ne fait rien. 同 Il n'y a pas de mal. 同 Il n'y a pas de quoi.
這不要緊。	Ce n'est pas grave.
無所謂。	Cela m'est égal. 同 Cela m'est indifférent.
我不埋怨您。	Je ne me plains pas de vous. me plians 是代詞式動詞 se plaindre 的第一人稱單數的變位，自反人稱代詞 se 跟着主語人稱有性數變化。
我不怨恨您。	Je ne vous en veux pas.
別那麼客氣。	Ne faites pas tant de façons. 同 Ne prenez pas tant de manières.
這不是您的錯。	Ce n'est pas de votre faute. 反 C'est de ma faute. 這是我的錯。
您別為此事煩惱。	Ne vous en faites pas pour cela. 類 Ne vous tracassez pas pour cela.
您與此無關。	Vous n'êtes pas en cause.
你不要不好意思。	Ne te gêne pas.
我不會為這點小事生氣的。	Je ne me fâche pas pour si peu.
這事到此為止，別再提它了。	N'en parlons plus, c'est fini.
把這一切都一筆勾銷吧。	N'y pensons plus, ce qui est passé est passé.

關鍵字

原諒 s'excuser
寬恕 pardonner
遺憾 regretter
擔心 se tracasser
感到拘束 se gêner
生氣 se fâcher

高興和祝賀

206.mp3

真是一個好的消息！	**Quelle bonne nouvelle!**
我很幸福。	**Je suis heureux.** 反 Je suis malheureux. 我很不幸。
我沉浸在幸福之中。	**Je nage dans le bonheur.**
我覺得太幸福了。	**Je me sens très heureux.**
我是全世界最幸福的人。	**Je suis le plus heureux du monde.**
我很開心。	**Je suis très gai.** 同 Je suis joyeux.
我高興得忘了時間。	**Je suis si content que j'ai oublié l'heure.** oublié 是動詞 oublier 的過去分詞，它是直接及物動詞，l'heure 是它的直接賓語。
這真讓我高興。	**Ça me fait plaisir.** 承 Quoi de neuf? 有什麼好消息？ J'ai gagné un lot. 我中獎了。
我太幸運了。	**J'ai vraiment de la chance.**
我手氣總是那麼好。	**J'ai toujours la main heureuse.**
聽到這消息我很高興。	**Je suis très heureux d'apprendre cette nouvelle.**

207.mp3

今天天氣這麼好，我太高興了。	Il fait tellement beau aujourd'hui, j'en suis très content. 承 Avez-vous un projet? 有什麼計劃嗎？ Oui, je vais faire une excursion avec mes amies. 是的，今天我跟朋友們去遠足。
一切都很順利，我很滿意。	Je suis content que tout aille bien. aille 是 aller 的虛擬式變位。
今天度過了一個非常愉快的一天，我再一次謝謝您。	Nous avons passé une bonne journée, je vous en remercie encore une fois.
得知這個小消息，我高興得怎麼也睡不着。	Je suis si contente de savoir cette nouvelle que je n'arrive pas à dormir.
我再也無法抑制心中的喜悅。	Je ne peux plus retenir ma joie.
我高興得要發瘋。	Je suis fou de joie. 類 Je meurs de joie. 我高興得要命。
我高興得無法形容。	Les mots me manquent pour exprimer ma joie.
你不可能想像到我有多高興。	Tu ne saurais jamais imaginer combien je suis heureux.
我高興得哭了。	Je pleure de joie. 類 Je saute de joie. 我高興得跳起來了。
這是我一生中最高興的時刻。	C'est le moment le plus heureux de ma vie.
祝賀你！	Félicitations!

208.mp3

我們衷心祝賀你！	Toutes nos félicitations!
祝你好運！	Bonne chance! 同 Je te souhaite bonne chance!
祝你成功！	Je te souhaite le succès!
假期愉快！	Bonnes vacances! 承 A vous aussi! 你也同樣！
玩得愉快！	Bon amusement!
祝你身體健康！	Je te souhaite bonne santé!
祝你身體健康！	A votre santé! 祝酒詞，相當於“乾杯”。
新年好！	Bonne année! 類 Bon Nouvel An! 元旦快樂。
至此新年之際我致以最美好的祝願！	Tous mes meilleurs voeux du Nouvel An!
生日快樂！	Bon anniversaire! Demain c'est mon anniversaire. 明天是我的生日。 Es-ce vrai? Bon anniversaire! 是嗎？祝你生日快樂！
節日愉快！	Bonne fête!
聖誕快樂！	Joyeux Noël!
祝胃口好！	Bon appétit! 開飯前餐桌用語。
對您的生日我致以最美好的祝願！	Mes meilleurs souhaits pour votre anniversaire!

209.mp3

我祝您早日康復！	**Je souhaite que vous guérissiez bientôt!**
我祝您旅行愉快！	**Je vous souhaite un bon voyage!** 動詞 souhaiter 是直接及物動詞，它可以有雙賓語。Vous 是間接賓語，un bon voyage 是直接賓語。
恭喜您通過入學考試！	**Félicitations pour votre succès au concours!** 承 Merci pour vos félicitations. 感謝你的祝賀。
請接受我衷心的祝賀。	**Je vous prie d'accepter mes cordiales félicitations.**
祝你工作順利！	**Bon courage et bon travail!** Je travaille comme professeur à partir d'aujourd'hui. 今天開始我做老師。 Bon courage et bon travail! 祝你工作順利！
我祝賀您升官了。	**Je souhaite que vous ayez monté en grade.**
我祝願您家庭幸福。	**Je présente tous mes voeux de bonheur pour votre famille.**
請接受我對您個人幸福的最美好祝願。	**Veuillez agréer mes meilleurs voeux pour votre bonheur personnel.**
但願你們考試成功！	**Que vous puissiez réussir dans vos examens!** 同 Puissiez-vous réussir dans vos examens! Puissiez 是 pouvoir 虛擬式的變位。虛擬式用於獨立句表示願望和祝願。有時 que 可以省略，用主謂語倒裝結構，見同義句。

關鍵字

幸福的	heureux	heureuse
美麗的	beau (bel)	belle
快樂的	joyeux	joyeuse

滿意和讚美

210.mp3

我總算放心了。	Je suis enfin rassuré. 反 Je suis toujours dans l'angoisse. 我總是提心吊膽。
考試通過了，我能鬆口氣了。	J'ai passé l'examen, je peux me relâcher un peu.
真沒想到事情辦得這麼順利。	Je n'aurais pas cru que cette affaire soit un tel succès. cru 是 croire 的過去分詞，是直接及物動詞。直接賓語可以是名詞，也可以用連詞 que 引出直接賓語從句。
我已經找到了非常適合我的工作。	J'ai trouvé un travail qui me convient. Etes-vous encore au chômage? 你還在失業嗎？ Non, j'ai trouvé un travail qui me convient. 不，我已經找到了非常適合我的工作。
在這種工作條件下工作我很滿意。	Ça me plaît de travailler sous ces conditions.
我們非常喜歡我們的法國老師。	Nous aimons beaucoup notre professeur français. 承 C'est une femme professeur? 是女教師嗎？ Non, c'est un homme de 30 ans, il est gentil avec nous. 不，30 歲的男人，他對我們非常好。
我很樂意呆在這裡，因為我喜歡教師職業。	Je suis content de rester ici, car j'aime travailler comme professeur.

211.mp3

還是自己的家好。	C'est toujours mieux d'être chez soi. Vous avez passé un bon voyage? 旅遊愉快嗎？ N'en parlons plus, quel hôtel! C'est toujours mieux d'être chez soi. 別提了，旅館條件太差了！還是自己的家好。
老師對我的學習非常滿意。	Mon professeur est très satisfait de mes études.
您做得很好，繼續努力吧。	Bravo, bon travail! Bonne continuation! 承 Merci de votre encouragement, je ferai des efforts. 謝謝您的鼓勵，我會繼續努力的。
我對您的努力很滿意。	Je suis très satisfait de vos efforts. 同 J'en suis très content. en 是副代詞，代替介詞 de 引出的形容詞補語。
您的回答使我們很滿意。	Votre réponse nous a satisfaits. 反 Nous ne sommes pas du tout satisfaits de votre réponse. 我們對您的回答一點都不滿意。
您的成果很令人滿意。	Vos résultats sont très satisfaisants.
謝謝您的建議，這正是我所需要的。	Merci pour votre conseil, c'est juste ce dont j'ai besoin.
你們表現得很不錯。	Vous avez donné un beau spectacle. Nos activités ont-elles remporté un succès? 我們今天的活動成功嗎？ Bien sûr, vous avez donné un beau spectacle. 那還用說，你們表現得很不錯。
你這麼努力工作，我相信你一定能成功。	Vous travaillez tellement, je suis sûr que vous allez réussir. travailler 是不及物動詞，後面只能有狀語。

212.mp3

事情很難辦得使人人滿意，可是你們做到了。	Il est difficile de régler la chose à la satisfaction générale, mais vous l'avez fait ainsi.
我很喜歡您送給我的披肩。	J'adore le châle que vous m'avez acheté. Aimez-vous le châle que je vous ai acheté? 你喜歡我給你買的披肩嗎？ C'est un cadeau très précieux, je l'adore. 是一件珍貴的禮物，我十分喜歡。
大家對今天的成績感到比較滿意。	Tout le monde est assez content du succès d'aujourd'hui.
顧客對我們的服務比較滿意。	Les clients sont assez satisfaits du service de notre magasin.
您會感到滿意，我保證。	Vous serez content, je vous le promets.
你今天的氣色真好！	Tu as très bonne mine aujourd'hui.
你越來越年輕了。	Tu deviens de plus en plus jeune.
你真棒！	Tu es vraiment formidable. Ma mémoire a obtenu une bonne note. 我的論文已經通過了。 Tu es vraiment formidable. 你真棒！
您這種態度值得讚揚。	Votre attitude est louable.
你才華出眾，真讓人羨慕。	Vous êtes plein de talent, ça fait vraiment envie.
您的才智令人讚歎。	J'adore votre intelligence. 類 Votre courage mérite beaucoup d'admiration. 你的勇氣令人讚賞。

213.mp3

您的眼光真敏銳。	Vous avez une grande perspicacité. 類 Qu'est-ce que vous êtes clairvoyant! 您真有遠見！
您想得真長遠。	Vous voyez vraiment loin. 反 Vous avez une courte vue. 您目光短淺。
我羡慕您的家庭。	J'envie la situation de votre famille. 反 Je suis jaloux de la situation de votre famille. 我妒忌您的家庭。
我沒想到你的手藝這麼好。	Je ne savais pas que votre cuisine était si excellente.
太好吃了！	Les plats sont délicieux!
太漂亮了！	Que c'est beau! 同 Qu'est-ce que c'est beau!
這裡的景色太美了！	Comme ce paysage est beau! 類 Que la nature est belle! 大自然真美！
真是妙極了！	C'est merveilleux! 同 C'est extraordinaire! 同 C'est magnifique!
真了不起！	C'est très impressionnant! Le lancement de la navette spatiale Shenzhou VII en Chine a réussi. 中國的神州七號發射成功了。 C'est très impressionnant! 真了不起！
簡直難以相信，太美了！	C'est incroyable! 同 C'est fantastique! 同 C'est fabuleux!
今晚我們過得真快樂！	Comme nous avons passé une heureuse soirée!

關鍵字

放心的 rassuré,e
滿意的 satisfait, e
有遠見的 clairvoyant, e
美味的 délicieux, se
令人愛慕的 adorable
有魅力的 fascinant, e

關心和鼓勵

214.mp3

你怎麼了？	**Qu'est-ce que tu as?** 同 Qu'est-ce qui ne va pas?
發生什麼事了？	**Qu'est-ce qui s'est passé?**
您遇到什麼事了？	**Qu'est-ce qui vous arrive?**
你好像有心事。	**Tu as l'air d'avoir des soucis.** 承 Je n'ai rien. Je suis un peu fatigué. 我沒事，我有點兒累了。
你心神不定，怎麼了？	**Tu as l'air inquiet, qu'est-ce qu'il y a?** 承 Il y a longtemps que je n'ai pas reçu des nouvelles de ma fille. 我好久沒有得到女兒的消息了。
你今天很不開心，有什麼事嗎？	**Tu es triste aujourd'hui, qu'est-ce qu'il y a?** 承 On m'a licencié. 我被解僱了。 Ce n'est pas grave, nous allons chercher un autre travail. 沒關係，我們找其他工作。
你遇到麻煩了？	**Tu as des ennuis?** 承 Je suis au chômage. 我失業了。 Ne t'inquiète pas, Je vais t'aider. 別擔心了，我來幫你。
你好像心裡惦記什麼事。	**Il paraît que tu as quelque chose sur le cœur.** 承 C'est l'examen qui me tracasse. 我老惦記考試的事。

215.mp3

您的臉色不好。	Vous avez une mauvaise mine. 同 Vous êtes tout pâle.
我聽説您病了。	J'ai entendu dire que vous êtes tombé malade. tombé 是繫動詞 tomber 的過去分詞，malade 是它的表語。
您要多注意身體。	Faites attention à votre santé. J'ai travaillé toute la nuit. 我工作了整個晚上。 Il ne le faut pas, faites attention à votre santé. 不應該這麼做，你要多注意身體。
您得常鍛煉身體。	Vous devez faire souvent du sport. 承 Merci de votre attention. 謝謝你的關心。
您必須注意自己的健康。	Vous devez prendre soin de votre santé.
這裡的天氣很冷，你要注意保暖。	Ici il fait froid, vous devez être habillé chaudement.
您現在覺得怎麼樣？	Comment vous sentez-vous maintenant? 承 Je me sens mieux. 我覺得好多了。
別多心了。	Ne sois pas trop soupçonneux.
往好處想想吧。	Positive un peu.
別發愁。	Ne t'inquiète pas.
想開點兒！	Ne t'en fais pas pour ça. Il y a trop de pression dans ce travail, ça me pèse. 工作壓力太大了，我真受不了了。 Ne t'en fais pas pour ça. 想開點兒。

216.mp3

別擔心，過幾天就好了。	Ne vous inquiétez pas, ça ira mieux dans quelques jours.
別為這點小事折磨自己，會好起來的。	Ne vous tourmentez pas pour si peu, tout ira bien.
好了，天塌不下來。	Voyons, ce n'est pas la fin du monde.
當心點兒，別把頭碰了。	Attention de ne pas cogner la tête. 承 D'accord, merci! 好的，謝謝！
您不用怕他，他很平易近人。	N'ayez pas peur de lui, il est très gentil.
他開車技術很好，不會出事的。	Il conduit très bien, on n'aura pas d'accident.
你就放心吧。	Rassurez-vous.
不要着急，我們慢慢來。	Ne soyez pas pressé, on va progressivement.
我確信您能應付。	Je suis sûr que vous allez vous débrouiller.
您需要我就給我打電話。	Téléphonez-moi si vous avez besoin de moi.
加油！	Bon courage!
別猶豫！	N'hésite pas! 同 N'hésitez pas!
堅持下去！	Tenez bon! 同 Soutenez vos efforts!
別着急，加把勁兒。	Pas de panique, allez, du courage!
再加把勁兒你就成功了。	Un peu d'efforts, le succès est à toi.

217.mp3

別猶豫了，想去就去吧。	N'hésite pas, vas-y si tu veux.
沒什麼可猶豫的。	Il n'y a pas à hésiter. hésiter 是不及物動詞，但後面也可以用 à 引出不定式，如：il hésite à partir.
時間來得及，您再試一試吧。	Il y a encore du temps, essayez encore une fois.
放心做吧，沒有任何危險。	Rassurez-vous, il n'y a aucun danger.
加油！我支援你。	Courage! Je vous soutiens.
打起精神，下次一定能成功。	Du courage, tu vas réussir la prochaine fois.
慢慢來，你肯定能做完。	Vas-y progressivement, tu peux le finir.
失敗是成功之母。	La défaite est la mère du succès.
有志者事竟成。	Vouloir, c'est pouvoir.
萬事起頭難。	Il n'y a que le premier pas qui coûte.
付出努力，必有收穫。	Qui cherche trouve.
這一關您一定能過去的，放心吧。	Vous allez vous tirer d'affaire, soyez-en sûr.
你還等什麼呢？快去吧。	Alors, qu'est-ce que vous attendez ？ Allez-y vite.
要保持樂觀。	Soyez optimiste. 類 Ne soyez pas pessimiste. 不要悲觀。

218.mp3

試試吧，你就會成功的。	Essayez donc, et vous allez réussir.
您別洩氣，好事多磨。	Ne désespérez pas. Le chemin du bonheur est hérissé d'épines. 類 Ne vous laissez pas abattre par les revers. 不要因為挫折而垂頭喪氣。
這是一個不可多得的機會，加油！	C'est une occasion qui ne se représentera pas, courage! C'est...qui 是用來強調主語。
堅持到底，就是勝利。	Si vous tenez bon, c'est la victoire.
別害怕，會成功的。	Soyez sans crainte, ça va marcher.
不要認輸，振作起來。	Ne vous avouez pas vaincu, prenez courage.
這已經好多了，再加把勁兒吧！	C'est déjà beaucoup mieux! Encore un petit effort!
不要垂頭喪氣，前途是光明的。	Ne vous tracassez pas, l'avenir est toujours radieux.
我認為你應該繼續幹下去。	Je crois que vous devez continuer. 類 J'ai entendu dire que vous allez abandonner votre projet. 我聽説你要放棄你的計劃。
應該抓住機會。	Il faut saisir l'opportunité quand elle se présente.
對此您將不會後悔的！	Vous ne le regretterez pas!

關鍵字

憂慮 le souci	成就 le succès
當心 une attention	成功 réussir
勇氣 le courage	繼續 continuer

希望和失望

219.mp3

我想成為藝術家。	**Je voudrais devenir artiste.** 類 Je voudrais devenir metteur en scène. 我想成為導演。
我希望自己變得更美麗。	**Je voudrais être plus belle.**
我希望這些藥消除我臉上的雀斑。	**J'espère que ce remède peut enlever les taches de rousseurs sur mon visage.**
我希望成為他的太太。	**Je désire être sa femme.**
我想 35 歲以前有個孩子。	**Je veux avoir un enfant avant l'âge de 35 ans.** Ne veux-tu pas un enfant? 你不想要一個孩子嗎？ Pas maintenant, je suis trop occupée récemment. Je veux en avoir un avant l'âge de 35 ans. 現在不能，我最近工作太忙了。我想 35 歲以前有個孩子。
我盼望今年年底漲工資。	**J'espère une augmentation de salaire pour la fin de l'année.**
我想周遊世界。	**Je voudrais faire un tour du monde.**
希望能有機會去法國。	**J'espère avoir l'occasion d'aller en France.** 承 Qu'est-ce qui t'attire particulièrement? 你被什麼如此吸引？ Les rues et les monuments historiques de là-bas. 那裡的街道和名勝古蹟。

220.mp3

我打算移居加拿大。	Je compte immigrer au Canada.
希望您能和我們一起去旅遊。	Nous espérons que vous pourrez voyager avec nous. espérer 是直接及物動詞，它後面的連詞 que 引出直接賓語從句。
我希望世界和平，沒有戰爭。	J'espère que le monde sera en paix et pas en guerre. Il y a toujours des conflits dans le monde, c'est très inquiétant. 在世界上每天都有衝突。真令人不安。 J'espère que le monde sera en paix et pas en guerre. 我希望世界和平，沒有戰爭。
我非常希望今年去國外留學。	J'ai envie d'aller étudier à l'étranger cette année. 反 Je veux rentrer dans mon pays cette année. 我打算今年回國。
希望您能找到更加適合你的工作。	Je souhaite que vous trouviez un travail plus approprié.
我盼望我們早日重逢。	J'attends avec impatience le jour où nous nous reverrons.
但願您在那兒一切順利。	Je souhaite que tout se passe bien là-bas pour vous.
但願你的理想早日實現。	J'espère que tu vas réaliser ton rêve rapidement.
希望你能早點回來。	J'espère que tu rentreras bientôt.
這是我盼望已久的消息。	C'est une nouvelle que j'attendais depuis longtemps. 類 J'espère avoir une bonne nouvelle rapidement. 我期待着早日收到你的好消息。
太令人失望。	C'est très décevant.

221.mp3

我非常希望能說服他。	J'espère bien arriver à le convaincre.
我希望你能答應這次要求。	J'espère que vous accepterez cette demande espérer 引出的賓語從句中一般用直陳式，但否定句中用虛擬式。
我們決不辜負您對我們的期望。	Nous ne vous décevrons pas.
我們希望下一步狀況能夠改善。	Nous espérons une prochaine amélioration de la situation.
人們希望一切都順利。	On espère que tout se passera bien.
看來沒有希望了。	Il semble qu'il n'y a plus d'espoir. J'ai encore raté l'examen. 我考試又沒及格。 Il semble qu'il n'y a plus d'espoir. 看來沒有希望了。
我又一次感到失望。	Encore une fois je suis déçu.
白費力氣了。	On a fait des efforts en vain.
我真不走運。	Je n'ai pas de chance.
我白高興了。	Je me suis laissé emporter par la joie pour rien.
跟你說話純屬浪費時間。	On perd du temps en parlant avec toi.
你真讓我失望。	Tu m'as vraiment déçu. Pourquoi tu ne m'as pas prévenu de ton mariage? 你怎麼沒通知我你的婚禮呢？ Je veux te faire une bonne surprise. 我想給你驚喜。 Tu m'as vraiment déçu. 你真讓我失望。

222.mp3

車已經出發了。真倒霉！	**Le train est déjà parti. C'est dommage!** Ça ne fait rien, nous allons prendre le prochain. 沒關係，我們乘下一輛。
我真不敢相信這是她幹的事。	**Je n'aurais pas cru ça d'elle.** Tout le monde dit qu'elle a fait cela. 大家都說是她做了這件事。 Je n'aurais pas cru ça d'elle. 我真不敢相信這是她幹的事。
你們的決定讓我非常失望。	**Votre décision m'a beaucoup déçu.**
算了，我不責怪你了，一點用都沒有。	**C'est assez, je ne te reproche plus rien. Ça ne sert à rien.**
我不能原諒你。	**Je ne te pardonne pas.** Tu es allé en province sans demander notre avis. C'est absurde. 你沒有問我們的意見就去了外地，豈有此理。 Ne te fâche pas, je m'excuse. 你別生氣了，請原諒。 Je ne te pardonne pas. 我不能原諒你。 allé 是動詞 aller 的過去分詞，是不及物動詞。
你又不能來看我們了，真讓我失望。	**Tu ne peux pas encore venir nous voir, nous sommes déçus.**
我清楚了，我根本不能指望你。	**Je comprends très bien, je ne peux pas du tout compter sur toi.**
別提了，全泡湯了！	**Laissez tomber, c'est fichu!** Comment se prépare ton voyage à l'étranger? 出國旅遊計劃怎麼樣了？ Laissez tomber, c'est fichu! 別提了，全泡湯了！

223.mp3

我真笨，我又失敗了。	Je suis très bête, j'ai encore échoué. 反 Je suis très intelligent, j'ai encore réussi. 我真聰明，又成功了。
你的成績總讓我失望。	Tes mauvaises notes me désespèrent toujours.
你在搞什麼名堂？我不再相信你了。	Qu'est-ce que tu fabriques? Je ne compte plus sur toi.
我對於能否見到他開始失望了。	Je commence à désespérer de le voir un jour.
他的漠不關心讓我感到失望。	Je suis déçu de son indifférence.
對他能否成功，我不抱任何希望。	Je ne porte aucun espoir sur le fait qu'il réussisse.
我對她沒來參加晚會感到失望。	Je suis déçu qu'elle ne soit pas venue à la soirée.
他的態度讓我失望。	Son attitude m'a déçu.
我再也不能相信他那種人了。	Je ne peux plus compter sur un homme comme lui. Il ne dit jamais la vérité. 他從來不說真話。 Oui, Je ne peux plus compter sur un homme comme lui. 是啊，我再也不能相信他那種人了。

關鍵字

動詞 **espérer** 的直陳式現在時變位

j'espère	nous espérons
tu espères	vous espérez
il (elle) espère	ils (elles) espèrent

感動和驚訝

224.mp3

我很激動。	Je suis très ému.
我感到激動不已。	J'éprouve une grande émotion.
這動人的場面使我感動。	Ce spectacle émouvant m'a remué.
這個劇本非常感人。	Cette pièce est très émouvante. 類 Ce film est très émouvant. 這是一部非常感人的電影。
我為你的慷慨感動。	Je suis touché de votre générosité.
你對我太好了！	Tu es très gentil avec moi. 反 Tu n'es pas amical avec moi. 你對我太不友好了！ es 是繫動詞 être 的第二人稱單數的變位。繫動詞後面跟隨名詞、形容詞等做句子表語。
我如此地激動，禁不住流下了淚。	J'étais si ému que je n'ai pu retenir mes larmes. 類 J'étais si ému que j'ai oublié de manger. 我如此地激動，忘記了吃飯。
你的話深深地感動了我。	Ce que tu m'as dit m'a bouleversé. Merci de ton encouragement. Ce que tu m'as dit m'a bouleversé. 謝謝你的鼓勵。你的話深深地感動了我。 Je t'en prie. 不用客氣。
幾句肺腑之言比這些道理更打動讀者。	Certains mots venus du cœur touchent le lecteur davantage que tous ces raisonnements.

225.mp3

您的和藹和客氣讓我感動。	Je suis vraiment touché par votre amabilité. 承 Je n'ai rien fait. 我沒做什麼。
你別再說了，我要哭出聲來了。	Ne parle pas, je vais pleurer. Porte-toi bien. 要多保重。 Ne parle pas, je vais pleurer. 你別再說了，我要哭出聲來了。
你的好意讓我們十分感動。	Nous sommes très touchés de votre sympathie.
我永遠不能忘記您的恩情。	Je n'oublierai jamais votre bienfaisance.
請你收下我的禮物。	Je vous prie d'accepter ce cadeau.
這小小的禮物表達我對您的感激之情。	Ce petit cadeau exprime mes remerciements pour vous.
我不知道說什麼話好，您真是好人。	Je ne sais pas comment exprimer mes sentiments, vous êtes un brave homme.
我被他為我所做的這一切深深感動。	Je suis très ému de tout ce qu'il m'a fait.
她的眼淚感動了我。	Ses larmes m'ont touché. 反 Ses larmes m'ont irrité. 她的眼淚激怒了我。
聽了他的話，我激動得整個晚上沒有合眼。	A ses mots, je n'ai pas dormi de toute la nuit, j'étais très ému.
這位小說家善於激起讀者的感情。	Ce romancier sait émouvoir ses lecteurs. 承 Oui, je les aime beaucoup. 是的，我很喜歡他的作品。

226.mp3

他的英雄事跡感動了千千萬萬的人。	Son exploit héroïque a ému des centaines de milliers de personnes.
我的天呀！	Mon dieu!
嚇我一跳！	Je suis étonné! 同 Comme tu m'as fait peur!
嚇死我了！	Je suis morte de peur!
真叫人吃驚！	C'est étonnant!
真讓我大吃一驚。	C'est une grande surprise pour moi. Cet enfant parle cinq langues.Il a de grandes aptitudes pour les langues. 這個孩子能講五種語言，是語言天才。 C'est une grande surprise pour moi. 真讓我大吃一驚。
太意外了！	C'est surprenant! Il n'a pas réussi son examen. 他考試沒通過。 C'est surprenant! 太意外了！
對面的那棟樓半夜被盜了。	Le bâtiment d'en face a été cambriolé pendant la nuit.
好可怕啊！	C'est affreux!
這使我感到很驚訝。	Ça m'étonne.
這太讓我吃驚了。	Voilà qui me surprend. surprend 是動詞 surprendre 的第三人稱單數的動詞變位，surprendre 是直接及物動詞，me 是直接賓語。
你得知他去世的消息了嗎？	As-tu appris la nouvelle de sa mort? 承 Quoi? Je lui ai téléphoné hier. 什麼？昨天我還給他打過電話呢。
這簡直難以置信！	C'est inimaginable!

227.mp3

我真難以相信這件事。	J'ai beaucoup de peine à le croire.
我簡直不敢相信我的耳朵。	J'en crois à peine mes oreilles. 類 Je n'en crois pas mes yeux. 我簡直不敢相信我的眼睛。
這到底怎麼了？	Pourquoi c'est comme ça? 同 Pourquoi c'est ainsi?
天呀！這是真的嗎？	Mon dieu! Est-ce vrai? Ce malfaiteur a tué successivement cinq personnes. 這個歹徒一連殺了五個人 Mon dieu! Est-ce vrai? 天呀！這是真的嗎？
怎麼會這樣！這不可能。	Comment ça? Ce n'est pas possible.
我永遠也無法相信這樣的事情！	Jamais je n'aurai imaginé chose pareille!
怎麼能這樣！	Ce n'est vraiment pas possible!
你是不是開玩笑啊？	Est-ce que tu plaisantes?
她可能患了癌症。	Elle serait atteinte d'un cancer.
這消息使我非常驚訝。	Cette nouvelle m'a surpris.
他沒有來使我感到很吃驚。	Je suis étonné de son absence. 同 Je suis étonné qu'il soit absent. 同 Je m'étonne qu'il ne soit pas venu.

關鍵字

激動的 ému, e
震驚 bouleverser
感情 le sentiment
出人意外的 surprenant, e
不可想像的 inimaginable
吃驚的 étonné, e

煩惱和後悔

228.mp3

我心情不好。	Je suis de mauvaise humeur.
你似乎情緒很低落。	Tu as l'air déprimé.
你總是不安，怎麼了？	Tu t'inquiètes tout le temps, qu'est-ce qui se passe?
有什麼事這麼煩悶呢？	Pourquoi as-tu cet air ennuyé? 承 J'ai investi tout mon argent dans des actions. 我的錢都押在股票上了。
我最近很煩。	J'ai des ennuis récemment.
我心煩，誰都不想見。	Je ne veux voir personne, je suis tourmenté.
天天下雨，真讓我心煩。	Il pleut tous les jours. C'est embêtant.
離我遠點兒，煩着呢。	Laisse-moi tranquille, je suis embêté. 承 A cause de qui es-tu en colère? 你在生誰的氣呀？
少煩我，我正忙着呢！	Fiche-moi la paix ！ Je suis occupé. Pourquoi tu m'ignores? 你怎麼不理我呀？ Fiche-moi la paix ！ Je suis occupé. 少煩我，我正忙着呢！
現在別煩我，我沒心情聽你嘮叨。	Ne m'ennuie pas en ce moment, je ne suis pas d'humeur à t'écouter.

229.mp3

我煩着呢，說點兒別的吧。	Ne m'embête pas avec ça. Parle de quelque chose d'autre. Quand te maries-tu? 你什麼時候結婚呀？ Ne m'embête pas avec ça. Parle de quelque chose d'autre. 我煩着呢，說點兒別的吧。
我不願意去幹如此乏味的工作。	Je ne veux pas m'ennuyer à un travail sans intérêt.
我總是有幹不完的活兒。	J'ai toujours beaucoup de choses à faire.
唉！我賠了一大筆錢。	Hélas! J'ai perdu une grande somme.
我不想上班了。	Je ne veux pas aller au travail. 類 Je ne veux pas aller à l'école. 我不想上學了。
我不能集中精力看書。	Je n'arrive pas à me concentrer pour étudier. 承 Tu sembles avoir des soucis? 你好像有些憂慮？ Oui, ma petite amie m'a quitté. 是的，我女朋友跟我分手了。
我跟她在一起感到很煩。	Je m'ennuie avec elle.
我再也不陪他看電影了。	Je ne l'accompagnerai plus jamais au cinéma.
他總是拿那些事來煩我。	Il me tracasse toujours avec ses histoires.
煩死我了，別提他了。	Il m'ennuie. Ne parle pas de lui. 同 Il me contrarie. Ne parle pas de lui.

230.mp3

別搗亂了，我正用着電腦呢。	Je suis en train d'utiliser l'ordinateur. Arrête tes enfantillages! Je veux jouer sur internet. 我想上網玩遊戲。 Je suis en train d'utiliser l'ordinateur. Arrête tes enfantillages! 別搗亂了，我正用着電腦呢。
你總不讓人安靜。	Tu ne me laisses jamais tranquille.
你總是遲到，怎麼辦呢？	Tu es toujours en retard, comment faire?
你真不懂事，總讓別人操心。	Tu ne sais pas bien t'adapter aux situations et les autres s'inquiètent toujours pour toi.
我真後悔！	Comme je regrette! 反 Je n'ai rien à regretter. 我沒什麼後悔的。
我知道我錯了。	Je sais que j'ai tort.
我早該料到這一點。	J'aurais dû m'y attendre.
我真糊塗！	Où ai-je la tête!
我忘了材料了。	J'ai oublié d'apporter mes documents. oublier 是直接及物動詞，因此它後面直接跟直接賓語，但跟不定式的時候必須用介詞 de 引出。
我太粗心大意了。	Je suis très négligent. 反 Je suis très prudent. 我小心謹慎。
要是一切從頭來就好了。	Si c'était à refaire, ce serait bien.
我也不知道我是怎麼了。	Je ne sais pas ce qui m'a pris. 句中的 ce qui 代替了 qu'est-ce qui。

231.mp3

再給我一次機會吧。	Donnez-moi encore une fois une occasion. 承 Avez-vous confiance? 您有信心嗎？ Oui, je vais le refaire de nouveau. 有，我從頭再來。
我再也不會這麼做了。	Je ne referai jamais la même chose.
我不該來。	Je n'aurais pas dû venir.
我真後悔失去了一個好機會。	Je regrette beaucoup d'avoir manqué une bonne occasion. Ceux qui ont réussi à l'examen partiront demain pour la France. 考試通過的人明天去法國。 Je regrette beaucoup d'avoir manqué une bonne occasion. 我真後悔失去了一個好機會。
我真後悔沒有聽從你的建議。	Je regrette de ne pas avoir suivi votre conseil.
我早應該來看您，實在抱歉。	J'aurais dû venir vous voir plus tôt, je m'excuse.
要是知道這件事我們早就來了。	Si on avait su cela, on serait venu plus tôt.
我要是在他走之前告訴他就好了。	J'aurais dû lui dire avant son départ.
我後悔粗暴地對待她。	Je me repens de l'avoir maltraitée.
我不應該給他買生日禮物。	Je n'aurais pas dû lui acheter un cadeau d'anniversaire. 類 J'ai tort de lui acheter un cadeau d'anniversaire. 我給她買生日禮物是錯的。

232.mp3

我現在後悔浪費了青春。	Maintenant, je regrette de ne pas avoir profité de ma jeunesse. profiter 是間接及物動詞，其賓語用介詞 de 引出。
現在已經後悔莫及了。	C'est déjà trop tard pour se repentir.
我真後悔沒有把媽媽接到我家來。	Je regrette de ne pas avoir pris ma mère chez moi.
你會後悔的。	Tu t'en repentiras. 反 Je ne regretterai rien. 我一點都不會後悔的。
你將為你的冒失感到後悔的。	Tu te mordras les doigts pour ton imprudence.
你不應該對她這麼說。	Tu n'aurais pas dû lui dire comme ça.
她深深懊悔。	Elle est pleine de repentir.
她對自己所犯的錯誤感到懊悔。	Elle se repent de ses fautes.
她懊悔自己話說得太多。	Elle se repent d'avoir été trop bavarde.
她流下了悔恨的淚水。	Elle a versé des larmes de repentir.
她後悔沒有向她的男友表白她對他的愛。	Elle se repent de ne pas avoir avoué sa passion à son petit ami.

關鍵字

痛苦萬分的 tourmenté, e
令人煩惱的 embêtant, e
感到煩惱 s'ennuyer
惋惜 regretter
輕率 une imprudence
懊悔 repentir

生氣和憤怒

233.mp3

真讓我生氣。	Ça m'énerve.
氣死我了！	Ça me met hors de moi!
簡直是荒唐透頂。	C'est le comble de l'absurdité.
真讓人噁心。	C'est dégoûtant!
太野蠻了！	Quelle barbarie!
我不能容忍這種野蠻的行為。	Je ne peux plus tolérer cet acte de sauvagerie. tolérer 直接及物動詞，因此後面跟直接賓語，不用介詞引導。
我很難忍住發火。	J'ai de la peine à contenir ma colère. 類 Je suis si en colère que je ne peux plus me contrôler. 我氣得控制不住自己。
太不像話了。	C'est insupportable! 承 Pourquoi? 怎麼了？ Il a délogé sa mère de chez lui. 他把自己的母親從家裡趕走了。
太不公平了！	C'est injuste!
這太讓人無法接受！	C'est inacceptable! 同 C'est inadmissible!
您怎麼了？氣得臉都紅了。	Qu'est-ce qui vous prend? Vous voilà tout rouge de colère.

234.mp3

誰惹您生氣了？	Quelle mouche vous a piqué?
您跟誰生氣呢？	A qui vous en prenez-vous?
聽了我要對您講的話可別發火。	N'allez pas vous fâcher de ce que je vais vous dire.
他的話讓我感到很氣憤。	Je suis outré de ses paroles. 同 Je suis outré de ce qu'il a dit.
聽到他這樣說的話真讓人生氣。	Je suis fâché d'entendre de telles paroles.
他竟然會這樣做，真讓我惱火。	Cela me fâche qu›il ait agi de la sorte.
只要看他一眼，我就氣得要命。	Rien que de le voir me rend furieux.
我不想再看到他。	Je ne veux plus le voir.
您欺人太甚。	Vous dépassez la mesure. 同 Vous allez trop loin.
你簡直瘋了！	Tu es vraiment fou!
你真得厚顏無恥！	Tu es vraiment effronté!
這太過分了！	C'est excessif! 同 C'est le comble. 同 C'est beaucoup trop exagéré.

關鍵字

荒謬 une absurdité
討厭的 dégoûtant, e
憤怒 la colère
不能接受的 inadmissible
狂怒的 furieux, se
過分的 excessif, ve

無聊和厭煩

235.mp3

真沒意思！	Quel ennui!
悶得要死。	C'est à mourir d'ennui.
這很無聊。	C'est ennuyeux. 同 C'est barbant. 同 C'est rasant. 同 C'est rasoir.
我對什麼也不感興趣！	Je ne m'intéresse à rien!
我什麼都不想幹。	Je ne veux rien faire. 類 Je ne veux rien manger. 我什麼都不想吃。 veux 是動詞 vouloir 的第一人稱單數的變位，是直接及物動詞。
還是老樣子。	C'est toujours la même chose. Comment vas-tu? 怎麼樣？ C'est toujours la même chose. 還是老樣子。
生活太平淡了。	La vie est banale. 反 La vie est riche et variée. 生活豐富多彩。
做一天和尚撞一天鐘。	Vivre au jour le jour. 這是諺語，也可以翻譯成“過一天算一天。”
我每天混日子。	Je perds mon temps à ne rien faire. Comment va la vie? 日子過得怎樣？ Je perds mon temps à ne rien faire. 我每天混日子。

236.mp3

做什麼我都無所謂。	**Faire cela ou ceci, cela m'est indifférent.** 同 Faire ceci ou cela, je m'en fiche.
今天還是明天，我都無所謂。	**Aujourd'hui ou demain, ça m'est bien égal.**
這樣的話我已經聽膩了。	**Je suis ennuyé par de telles paroles.** 同 Je suis ennuyé par de tels propos.
幹點什麼好呢？	**Qu'est-ce que je pourrais faire?** 💬 Va flâner dans les rues. 去逛街吧。 Non, il y a trop de monde dans les rues. 不去，街上人太多。
沒事幹，真無聊透了。	**Je n'ai rien à faire, je meurs d'ennui.**
跟他在一起很無聊。	**On s'ennuie avec lui.**
一個人走在大街上真無聊。	**On s'ennuie tout seul dans la rue.** 類 C'est vraiment ennuyant de rester seul à la maison. 一個人呆在家裡實在沒意思。
現在電視節目真無聊。	**Les programmes de télévision sont très monotones.** 💬 Regardes-tu souvent les programmes de télévision? 你經常看電視節目嗎？ Très peu. Les programmes sont très monotones. 很少看，現在電視節目真無聊。
這東西毫無價值。	**Cela ne vaut pas grande chose.** 類 Cela n'en vaut pas la peine. 這不值得。
我看不出這麼做有什麼意義。	**Je ne vois aucun intérêt à faire cela.** 反 C'est intéressant de faire cela. 做這件事很有意義。

237.mp3

這本小説夠無聊的。	**Ce roman est assez inintéressant.** Comment le trouvez-vous? 你覺得怎麼樣？ Ce roman est assez inintéressant. 這本小説夠無聊的。
他的演講真無聊，我都要睡着了。	**Sa conférence est si nulle que j'allais m'endormir.**
這本書使我感到很乏味。	**Ce livre m'a fort ennuyé.** 同 Ce livre est vraiment ennuyeux
再等下去毫無意義了。	**Ça ne sert à rien d'attendre plus longtemps.** Attendons encore un peu. 我們再等等吧。 Ça ne sert à rien d'attendre plus longtemps. 再等下去毫無意義了。
這個題材一點都不吸引我。	**Ce sujet ne m'intéresse pas du tout.** 承 Alors, changeons de sujet. 那就換個話題吧。
這可真討厭！	**Que c'est embêtant!**
我受夠了！	**J'en ai assez!** 同 J'en ai marre!
你別打擾我了。	**Ne me dérange pas s'il te paît.**
你太討厭了！	**Comme tu es ennuyeux!**
我聽不下去了。	**Je ne peux plus continuer d'écouter.**
多麼討厭的天氣呀！	**Quel temps détestable!** 承 Oui, il pleut depuis trois jours. La pluie a désorganisé mes plans. 是啊，雨一連下了三天了，這雨打亂了我的計劃。
這種天氣使人不想出去。	**Il fait un temps à me dégoûter de sortir.**

238.mp3

我真的對這份工作感到厭倦了。	Je m'embête vraiment à ce travail.
我受不了天天加班。	J'en ai assez de faire des heures supplémentaires.
你每天晚上很晚回家，很辛苦啊。	Vous rentrez très tard le soir. C'est dur. rentrer 是不及物動詞，後面只能跟狀語。
每天干同樣的事，我很厭倦。	Je fais la même chose tous les jours, je m'ennuie.
我厭煩了這種生活。	Je suis las de ce genre de vie.
讓我厭煩的是這裡的噪音。	Ce qui m'assomme, c'est le bruit d'ici.
我厭倦晚會。	Je déteste les soirées. Pourquoi n'as-tu pas participé à la soirée? 你為什麼沒去參加晚會呢？ Je déteste les soirées. 對晚會我厭倦了。
我最膩煩人家恭維我。	J'ai horreur qu'on me fasse des éloges. 同 Je déteste qu'on me fasse des éloges.
我討厭自己，總是出錯。	Je me déteste, je fais souvent des fautes. 承 Chacun fait des fautes, soyez détendu. 每個人都犯錯誤，您放輕鬆點。
這類電影我都看膩了。	Ce genre de films m'ennuie. 同 Ce genre de films m'assomme.
他的作品使讀者厭倦。	Ses oeuvres fatiguent ses lecteurs.
這類書，我看幾遍也不覺得膩煩。	Jamais je ne me lasse de lire et de relire ce genre de livres.

239.mp3

我討厭你每天晚上出門。	Je déteste que tu sortes le soir. le soir 相當於 tous les soirs。
我討厭他總來打擾我。	Je déteste qu'il vienne sans cesse me déranger. Voulez-vous qu'il vienne vous voir? 您喜歡他每天來看您嗎？ Non, je déteste qu'il vienne sans cesse me déranger. 不，我討厭他總來打擾我。
她又來了。	Elle recommence encore.
她的那些事，真使我厭煩。	Elle m'assomme avec ses histoires. 類 Tu m'assomme de toutes ces questions. 你的這些問題都使我厭煩。
她動不動就厭倦。	Elle est vite dégoûtée.
她對生活已經厭倦了。	Elle est dégoûtée de vivre. 類 Elle se lasse de tout. 他對一切都厭煩。
一次不幸的遭遇使她對所有的男人都失去了興趣。	Une aventure malheureuse l'a dégoûtée des hommes.
您好像也對生活厭倦了。	Vous semblez aussi dégoûté de la vie. semblez 是繫動詞 sembler 的變位，其表語是 dégoûté。
我連對周圍的每個人都感到厭煩。	Je déteste même mon entourage.

關鍵字

使人厭倦的 ennuyeux, se
平庸的 banal, e
無所謂的 indifférent, e
單調的 monotone
乏味的 inintéressant, e
無價值的 nul, le

悲傷和抱怨

240.mp3

我感到沮喪。	**Je suis déprimé.** 同 Je suis abattu.
我心情不好。	**Je n'ai pas le moral.** 同 J'ai le coeur lourd. 反 J'ai le cœur en fête. 我心情愉快。
我情緒很低落。	**Je suis découragée.** 反 Mon moral est excellent. 我情緒高昂。
我總那麼倒楣，傷心透了。	**J'ai toujours de la malchance, j'ai le coeur brisé.**
我感到極度悲傷。	**Je suis tellement affligé.** 類 J'ai le moral à zéro. 我萎靡不振。
這一不幸使我感到痛苦。	**Je suis affligé par ce malheur.**
這真讓人心碎。	**Cela déchire le coeur.** 同 Cela serre le coeur. 同 Cela brise le coeur.
我痛苦極了。	**Je me sens tellement triste.** 承 Qu'est-ce que tu as encore? 你又怎麼了？ Elle m'a trahie. 她背叛了我。
沒人知道我的痛苦。	**Personne ne comprend ma douleur.**

241.mp3

痛苦使人絕望。	La douleur provoque le désespoir.
我感到房間裡空空蕩蕩。	Je sens que la chambre est vide. 類 Etant seule dans cette grande chambre, je me sens abandonnée. 我獨自一人在這麼大的房間裡感到很孤獨。
我的命怎麼那麼苦啊！	Comme mon sort est malheureux! 承 Il ne faut pas désespérer, tout s'arrangera. 不應該灰心，一切都會解決的。
我受疾病的折磨。	Je suis affligé par la maladie.
我受痛風的折磨。	Je souffre de la goutte.
我受糖尿病的折磨。	Je suis affligé du diabète.
這個世界沒什麼值得留戀的。	Je n'ai rien à regretter dans ce monde. 承 Tu es très pessimiste. 你太悲觀了。 💡 regretter 是直接及物動詞，其直接賓語是 rien。
生活對我來說已經沒意義了。	La vie n'a aucun sens pour moi.
你的所作所為使我太傷心了。	Tes faits et gestes m'affligent énormément.
他是那麼無情無意！我真傷心。	Comme il est insensible et infidèle! Je suis affligée. 承 Ne pense pas à lui, il ne te causera que du chagrin. 別想他了，她只會給你帶來憂傷。
雨天更使人傷心。	La pluie apporte plus de tristesse.

242.mp3

她內心充滿了悲傷。	Elle est pleine de chagrin dans son coeur.
他老年喪子，非常痛苦。	Il a la douleur de perdre son fils dans sa vieillesse.
看到她悲觀絕望，我很痛心。	J'ai le coeur serré de le voir s'abandonner au désespoir. 承 Vous devez l'encourager à ne pas perdre l'espoir de réussir un jour. 你要鼓勵她不要失去有一天會成功的希望。
母親的逝世使我十分痛苦。	Le décès de ma mère m'a beaucoup affligé. 同 Le décès de ma mère m'a plongé dans un profond chagrin.
我看到她死去悲痛萬分。	Je suis infiniment désolé de la voir mourir.
世界上不會有比這更痛苦的事情了。	Il n'y aurait pas d'affaire plus douloureuse que celle-ci dans le monde.
看着你瘦成皮包骨，我真心疼。	Je m'afflige de voir que tu n'as que les os et la peau. Je souffre de la gastro-entérite, je ne peux presque pas prendre de repas. 我得了胃病，吃不了飯。 Je m'afflige de voir que tu n'as que les os et la peau. 看着你瘦成皮包骨，我真心疼。
他對他自己的錯誤很痛心。	Il regrette vivement ses erreurs.
他的病情嚴重，大家都很憂傷。	La gravité de sa maladie désole tout le monde.
我受夠了！	J'en ai assez!
煩死了！	J'en ai marre!
我快累死了！	Je suis mort de fatigue! 類 Je suis mort de faim. 我快餓死了！

243.mp3

我太累了。	**Je suis très fatigué.** 同 J'en ai plein les bottes. 同 Je suis crevé.
太吵了！	**Quel bruit!**
你真是一個廢物。	**Tu ne vaux rien.**
太髒了！	**C'est trop sale!** Comment trouves-tu cette chambre? 你覺得這個房間怎麼樣？ C'est trop sale! Je ne la veux pas. 太髒了，我不要。
這到底是什麼意思？	**Qu'est-ce que ça veut dire?**
我工作太多了。	**J'ai trop de travail.**
我做不完了！	**Je n'y arrive plus.**
我無法承受這些欺凌。	**Je ne peux plus supporter ces brimades et humiliations.**
這項工作對我來說太重了。	**Ce travail est trop lourd pour moi.** Je veux changer de travail. 我要換工作。 Alors pourquoi donc? 談談為什麼。 Ce travail est trop lourd pour moi. 這項工作對我來說太重了。
這裡的工作條件太差了。	**Les conditions de travail sont très mauvaises.**
這麼點兒薪水真不夠花。	**C'est un trop petit salaire pour consommer.**
價格一直在漲。	**Les prix montent sans cesse.** 反 Les prix baissent sans cesse. 價格不斷下滑。
現在的蔬菜太貴了！	**Les légumes sont très chers en ce moment!**

244.mp3

這台電視的質量太差了。	Ce poste de télévision n'est pas de bonne qualité. 承 Je vous l'échange contre un autre. 給你換一台吧。 Non, je veux le renvoyer. 不要，我要退貨。
你總是意識不到自己的錯誤！	Tu ne te rends pas compte de tes fautes! te rends 是代詞式動詞 se rendre 的第二人稱單數的動詞變位。Se rendre compte 是動詞短語結構，表示：意識到，瞭解到。
你怎麼能這麼説呢？	Comment as-tu pu dire cela?
你盡做傻事。	Tu ne fais que des bêtises.
成事不足，敗事有餘。	Tu n'es bon à rien, tu ne fais que du gâchis.
你暈頭了？	Tu perds la tête?
真丟人！	Quel scandale!
你看看都幾點了！	Regardez quelle heure il est! Je vous ai attendu une heure. Regardez quelle heure il est! 我等你一個小時了。你看看都幾點了！ Désolé, il y a partout des embouteillages. 抱歉，到處都是交通堵塞。
我非常不滿意你們公司的服務。	Je ne suis pas satisfait du service de votre compagnie.

關鍵字

沮喪的 déprimé, e	冷漠的 insensible
悲傷的 affligé, e	疼痛的 douloureux, se
不幸的 malheureux, se	悲痛的 désolé, e

害羞和尷尬

245.mp3

我真不好意思。	Je suis confus.
這使我很尷尬。	Ça me gêne.
我不知道該說什麼。	Je ne sais pas quoi dire. 類 Je ne sais pas quoi faire. 我不知道該做什麼。
你的話使我不知所措。	Ce que tu as dit me trouble.
我膽子小，很多人面前不會說話。	Je suis timide, je ne sais pas comment parler devant tant de monde.
我太笨了，真不好意思。	Je suis confus de ma maladresse. 承 Ça ne fait rien, recommence! 沒關係，重來吧！
我緊張得想好的話都忘了。	Je suis tellement tendu que j'ai oublié les mots que j'avais déjà préparés.
我這麼晚到，感到十分尷尬。	Je suis confus d'arriver si tard.
我被你們誇得不好意思了。	Je me sens gêné par vos éloges exagérés.

關鍵字

動詞 savoir 的直陳式現在時變位

je sais	nous savons
tu sais	vous savez
il (elle) sait	ils (elles) savent

語法 8：法語動詞的種類

表示動作、行為變化或靜止狀態的詞叫做動詞。法語動詞分為及物動詞、不及物動詞、繫動詞等。

1. 及物動詞：

可以帶賓語的動詞叫及物動詞。及物動詞又分為直接及物動詞和間接及物動詞。

① 直接及物動詞與賓語之間不加介詞。直接及物動詞的賓語叫直接賓語，不需要介詞作引導。如：

J'aime le français. 我喜歡法語。

② 間接及物動詞和其賓語之間要用介詞，有時用 de 或 à，間接及物動詞的賓語叫間接賓語，一般需要介詞作引導。如：

Il parle de ses études à ses parents.
他向他的父母談他的學習。
Je profite du temps libre pour apprendre le chinois.
我利用空閒時間學中文。

2. 不及物動詞：

不能帶賓語的動詞叫不及物動詞。這類動詞沒有直接賓語，也沒有間接賓語，但可能有狀語，如：

Pierre travaille dans une usine. 皮埃爾在一家工廠工作。
Elle vient de Paris. 她從巴黎來。

3. 繫動詞：

繫動詞後面跟隨名詞、形容詞等做句子表語。用來說明主語的性質、狀況、身份等。主要的繫動詞有 être, paraître, sembler, devenir, vivre, mourir, tomber, rester, rendre, trouver, nommer 等。如：

Elle est devenue mon amie. 她成了我的朋友。
Il est tombé malade. 他病倒了。

4. 代詞式動詞：

和自反代詞一起使用的動詞，叫做代詞式動詞。在句子裡，自反代詞的人稱和性數要和主語一致。

Il s'évanouit de douleur. 他痛得昏過去了。
Ils se sont levés très tôt. 他們很早就起床了。

Chapter 9

出門旅行

簽證

248.mp3

打擾了，您知道簽證處在哪兒嗎？	Excusez-moi, vous savez où se trouve le service des visas? 承 Je vous y accompagne. 我帶您去。
該輪到我面試了。	C'est à mon tour de passer l'entretien.
您是來面試的嗎？	Etes-vous venu pour l'entretien pour le visa?
這是您第一次來簽證面試嗎？	C'est la première fois que vous venez pour l'entretien? 承 Oui, je suis un peu stressé. 是的，我很緊張。
我是第二次來簽證面試。	C'est la deuxième fois que je viens pour l'entretien.
我曾被拒簽過。	Mon visa a été refusé une fois. a été refusé 是 refuser 的被動態的複合過去時結構，表示已完成的動作。
您多大年齡？	Quel âge avez-vous? 同 Quel est votre âge?
您出生地是哪兒？	Quel est votre lieu de naissance? 同 Où êtes-vous né? 同 A quel endroit êtes-vous né?
您的住址？	Quelle est votre adresse? 承 J'habite au 3 rue de Garden. 我住在花園街 3 號。
您的婚姻狀況？	Quelle est votre situation de famille?

249.mp3

我是單身。	Je suis célibataire.
我已婚。	Je suis marié.
您的職業是什麼？	Quelle est votre profession? 同 Qu'est-ce que vous faites?
您工作幾年了？	Depuis combien de temps travaillez-vous? 承 Je travaille depuis trois ans. 我工作三年了。
您能聽懂我說的話嗎？	Comprenez-vous ce que je dis? 承 Oui, un peu. Mais je ne comprends pas très bien. 聽懂一點，但不完全清楚。
您能說得再慢一點嗎？	Pourriez-vous parler plus lentement?
您能再重複一下嗎？	Pourriez-vous répéter encore une fois? Pourriez 是動詞 pouvoir 的條件式現在時變位，表示委婉的請求。
您能用英文提問我嗎？	Pourriez-vous m'interroger en anglais?
您會說其他語言嗎？	Parlez-vous une autre langue? 承 Oui, je parle anglais. 我會說英文。
您法語說得很好。	Vous parlez bien le français. 承 Merci beaucoup. Le français est ma spécialité. 謝謝你，我的專業是法語。
您為什麼要去法國？	Pourquoi voulez-vous aller en France?

關鍵字

簽證	le visa	工作	travailler
面試	passer l'entretien	旅行	voyager
職業	la profession	法國	la France

訂票

250.mp3

您好，這裡是法國航空公司訂票處，您需要什麼？	Bonjour, c'est le bureau de réservation d'Air France, qu'est-ce que je peux faire pour vous?
我想預訂到紐約的最早航班。	Je voudrais réserver un billet pour le prochain vol pour New-York. 反 Je voudrais réserver un billet pour le dernier vol pour New-York. 我想預訂到紐約的最晚航班。
我想五月十日左右啟程，十五日回來。	Je compte partir le 10 mai environ et revenir le 15.
這些日期的機票有嗎？	Est-ce que vous avez des billets pour ces jours-ci?
您預訂幾張？	Combien en voulez-vous?
您希望何時取票？	Quand souhaitez-vous retirer ces billets? 承 Je les retirerai la semaine prochaine si c'est possible. 如果可以，我下周來取票。
有八號早上七點半去香港的機票嗎？	Est-ce que vous avez des billets pour Hong Kong à 7 heures 30 du matin le 8? avez 是動詞 avoir 的直陳式現在時的第二人稱複數的變位。
今晚還有晚一點兒的班機嗎？	Est-ce qu'il y a des vols qui partent plus tard ce soir?
最後一班是八點五十分。	Le dernier vol est à 8 heures 50.

251.mp3

您要訂幾張？	Combien de billets voulez-vous réserver?
請給我保留兩張。	Veuillez m'en garder deux, s'il vous plaît.
您要訂什麼時間的機票？	Vous voulez réserver un billet pour quand? 承 Je voudrais réserver un billet pour le 10 octobre. 我想訂十月十日的飛機票。
上午有航班嗎？	Est-ce qu'il y a un vol le matin?
上午的航班都滿了。	Le vol du matin est plein.
往返機票多少錢？	Combien coûte un aller-retour? 類 Combien coûte un aller simple? 單程機票多少錢？
早上八點有一班，晚上九點有一班。	Il y a un vol à 8 heures du matin, et un autre à 9 heures du soir.
我要訂直達的航班。	Je voudrais commander un vol direct. 類 Je ne veux pas commander le vol avec escales. 我不想訂需要轉機的班機。
這不是直達航線，要在巴黎轉機。	Ce n'est pas une ligne directe, il vous faut changer d'avion à Paris.
很抱歉，我要取消我的預訂。	Pardon, je veux annuler ma réservation.
我可以退票嗎？	Est-ce que je pourrais me faire rembourser mon billet? 承 Vous ne pouvez pas vous faire rembourser le billet. 您不可以退票。

252.mp3

我要坐的飛機是波音還是空中巴士？	L'avion que je vais prendre est un Boeing ou un Airbus? 承 C'est un Boeing 737-800. 波音 737-800。
請給我訂這次航班的飛機。	Un billet de ce vol pour moi, s'il vous plaît.
您要靠窗戶還是靠過道的座位？	Voulez-vous une place côté hublot ou coté couloir? Donnez 是動詞 donner 的命令式現在時的第二人稱複數 vous 的變位。
所有靠窗口的位子都沒有了。	Toutes les places côté fenêtre sont déjà vendues.
您最好給我一個前艙的座位。	Il vaut mieux me donner une place à l'avant de l'avion, s'il vous plaît.
這個航班的機票必須很早預定。	Vous devez réserver le billet de ce vol très en avance.
飛行時間多長？	Combien de temps est-ce que le vol va durer? 承 Le vol va durer 10 heures. 十個小時。
有打折機票嗎？	Est-ce qu'il y a des billets en réduction?
現在有特價機票嗎？	Est-ce qu'il y a des billets à prix spéciaux? 承 Oui, mais ces billets ne peuvent être ni remboursés ni échangés. 有，但特價票不能退，不能轉讓。
這架班機是哪家航空公司的？	Cet avion est à quelle compagnie aérienne? 類 De quel aéroport décolle cet avion? 這架班機從哪個機場起飛？

253.mp3

我要訂從巴黎到紐約的頭等艙機票。	Je voudrais réserver un billet en première classe, Paris–New York.
您要單程票還是往返票？	Vous voulez un aller simple ou un aller-retour? 承 Je voudrais réserver un aller-retour en première classe sur Air France, le 8 janvier. 我要訂一張往返票，一月八日，法航，頭等艙。
我希望搭乘儘可能早點的從巴黎飛往廣州的班機。	Je voudrais prendre l'avion de Paris à Guangzhou le plus tôt possible.
去意大利的經濟艙單程機票票價是多少？	Quel est le prix du billet simple en classe économique pour l'Italie?
我想把我訂的經濟艙機票改成頭等艙。	Je voudrais changer mon billet classe économique contre celui en première classe.
我想更改我的路線。	Je voudrais modifier mon trajet.
本來我是直飛巴黎，現在想經上海去巴黎。	J'aimerais maintenant changer d'avion à Shanghai au lieu d'aller à Paris en vol direct.
我想要再確認航班。	Je voudrais confirmer encore le vol.
請問您的航班號碼？	Quel est votre numéro de vol, s'il vous plaît? 承 Mon numéro de vol est CA984. 我的航班號碼是 CA984。
我找不到您的名字。	Je n'ai pas trouvé votre nom. 承 Vérifiez encore, s'il vous plaît. 你再仔細看看吧。
我是一個星期以前預定的。	J'ai commandé mon billet il y a une semaine.

254.mp3

請再告訴我一次您的姓名。	Dites-moi encore une fois votre nom, s'il vous plaît.
我仍然在訂位名單中找不到您的名字。	Je ne trouve encore pas votre nom sur la liste.
我想預訂十月一日飛往東京的航班。	Je voudrais réserver un billet pour Tokyo, le 1er octobre.
我要改周日的航班。	Je vais changer de vol du dimanche.
何時登記辦理乘機手續？	Quand est-ce que je dois m'inscrire pour faire les formalités d'embarquement?
下一班飛往洛杉磯的班機何時起飛？	A quelle heure partira le vol suivant pour Los Angeles?
請告訴我班機號碼和起飛時間。	Veuillez me donner le numéro du vol et l'heure de départ, s'il vous plaît.
先生，我可以更改我預訂的機票嗎？	Monsieur, puis-je modifier le billet réservé? 承 Vous pouvez modifier votre billet réservé à n'importe quel moment. 您可以在任何時候更改你預訂的機票。
更改的話有罰金嗎？	Aurai-je une amende si je veux le modifier?
我要不要額外付費？	Est-ce que je dois payer un supplément? 承 Non, ce n'est pas obligatoire pour ce vol. 不，這個航班不需要。
您能告訴我去往波爾多的火車有幾趟嗎？	Combien de trains y a-t-il pour aller à Bordeaux, s'il vous plaît ?

255.mp3

有好多趟車呢，你打算什麼時間走？	Il y en a beaucoup, vous comptez partir à quelle heure? 承 A 10 heures du matin. 早晨 10 點。
那太好了。	C'est parfait.
我要一張巴黎－波爾多的單程票。	Je voudrais un billet Paris-Bordeaux, un aller simple.
您要幾等車廂？	En quelle classe? 承 Première classe. 頭等車廂。
吸煙區還是非吸煙區？	Place-fumeur ou non-fumeur? 承 Non-fumeur. 非吸煙區。
這是您的車票，座位已經訂妥。	Voici votre billet, la place est réservée.
憑學生證能優惠嗎？	Puis-je avoir une réduction avec la carte d'étudiant?
我要訂兩張明天上午去里昂的火車票。	Je voudrais réserver deux billets de train pour Lyon, demain matin.
我要買兩張高速火車車票。	Je voudrais acheter deux billets de TGV.
要幾等票？	En quelle classe? 承 Seconde classe, s'il vous plaît. 二等票。
我要訂今晚的快車票。	Je voudrais commander un billet pour le train express de ce soir.

關鍵字

預定 la reservation	提前 en avance
航班 le vol	單程票 un aller simple
取消 annuler	往返票 un aller-retour

訂房

256.mp3

您好，是萬豪酒店嗎？	Bonjour, est-ce que c'est l'hôtel Wanhao? 承 Oui. Que désirez-vous? 是的，您有什麼需要？
我想訂一個房間，五月二號到四號，還有空房嗎？	Je voudrais réserver une chambre pour 3 jours, du 2 au 4 mai, avez-vous des chambres libres?
您需要什麼樣的房間？	Quelle sorte de chambre voulez-vous? Une chambre à deux lits = une chambre double.
價格如何？	Quel est le prix? 承 La chambre de luxe coûte 1380 yuans. 豪華間 1380 元。
提前一個星期預訂是1035 元。	Si vous faites la réservation une semaine à l'avance, ça coûte 1035 yuans.
價格有點高。	Ça coûte un peu cher.
有再便宜點兒的嗎？	Est-ce que vous avez d'autres chambres moins chères?
我聽說你們酒店正在打折。	J'ai entendu dire qu'il y a une réduction chez votre hôtel. ai entendu是動詞entendre的複合過去時結構，ai 是助動詞 entendu 是過去分詞。
從昨天開始，優惠期結束了。	La période promotionnelle est déjà finie depuis hier.

257.mp3

到目前為止，這是最便宜的套房了。	Jusqu'à présent, c'est l'appartement le moins cher.
房價是否包括早餐和服務費？	Est-ce que le prix comprend le petit déjeuner et le service?
我想訂下周二的一間雙人房。	Je voudrais réserver une chambre à deux lits pour mardi prochain.
麻煩您告訴我你們酒店的地址。	Veuillez m'indiquer l'adresse de votre hôtel, s'il vous plaît.
雙人房間你要朝陽的還是背陽的？	Voulez-vous une chambre à deux lits ensoleillée ou ombragée?
我想我還是要朝陽的吧。	J'aimerais mieux prendre la chambre ensoleillée.
我要訂有空調設備的房間。	Je voudrais réserver une chambre climatisée.
我想訂一個帶浴室的單人房間。	Je voudrais réserver une chambre individuelle avec salle de bains. 類 Je voudrais réserver une chambre double avec salle de bains. 我想訂一個帶浴室的雙人房間。
我想要一間視野好的房間。	Je voudrais une chambre avec une bonne vue.
我想要一間有陽台的房間。	Je voudrais une chambre avec balcon. 承 Il y a un balcon dans chaque chambre, monsieur. 先生，每個房間都有陽台。

關鍵字

飯店 un hôtel
昂貴的 cher, chère
房間 une chambre
撒滿陽光的 ensoleillé
朝向 donner sur
浴室 la salle de bains

過關

258.mp3

請出示您的護照和機票。	Montrez-moi votre passeport et votre billet d'avion, s'il vous plaît. Montrez 是動詞 montrer 的第二人稱複數 vous 的命令式變位，表示命令。
我可以看一下您的護照嗎？	Puis-je regarder votre passeport? 承 Oui, le voilà. 可以，請看。
這是我的護照。	Voici mon passeport.
請您填一下這份表格。	Veuillez remplir ce formulaire, s'il vous plaît.
您能幫我填一下這張表格嗎？	Pourriez-vous m'aider à remplir ce formulaire?
麻煩您給我一份海關申請表。	Donnez-moi un formulaire de déclaration, s'il vous plaît.
您可以在飛機上填寫這張海關申請表。	Vous pouvez remplir ce formulaire de déclaration en avion.
請出示您的申請表。	Veuillez me montrer votre formulaire de déclaration. 承 Je n'ai rien à déclarer. 我沒有要申請的東西。
您的簽證期限是兩周。	Le délai de votre visa est de deux semaines.
請問您是以什麼身份進行這次旅行？	En tant que quoi est-ce que vous faites ce voyage?

259.mp3

您到法國的目的是什麼？	Vous allez en France avec quel objectif?
您是來出公差還是旅行？	Vous êtes en voyage ou en mission? 承 En mission. 我是出公差。
我是來旅遊的。	Je viens voyager. 類 Je suis touriste. 我是旅遊者。
我是來大學學習的。	Je viens faire mes études universitaires.
我要去馬賽參加商務會議。	Je vais assister à une réunion commerciale à Marseille.
我是應邀來參加巴黎商品交易會的。	Je suis invité à la foire de Paris.
您要待多久？	Pour combien de temps allez-vous rester en France? 承 Dix jours, à peu près. 十天左右。
請把您的行李拿到這裡檢查。	Posez vos bagages ici pour les examiner. 類 C'est l'examen de routine. 這是例行檢查。
請把您的箱子打開。	Ouvrez votre valise, s'il vous plaît.
這是什麼？	Qu'est-ce que c'est? 承 Ce sont mes objets personnels. 這些是我私人用品。
只是一些衣服和書，還有照相機。	Ce sont des vêtements, des livres et un appareil photo.
這些物品需要交稅。	Il y a un droit à payer sur ces objets.

260.mp3

這些是給朋友的禮物。	Ce sont des cadeaux pour des amis.
這些小包裡都是些什麼？	Qu'est-ce qu'il y a dans ces petits sacs? 承 Des parfums, des montres, des produits de beautés, etc. 香水、手錶、化妝品等。
請你小心，這是一些易碎品。	Faites attention, s'il vous plaît. Ce sont des objets fragiles.
你沒有攜帶任何食物吧？	Vous n'avez pas d'alimentation?
請你把那瓶礦泉水拿出來。	Sortez la bouteille d'eau minérale, s'il vous plaît.
如果你渴，可以在這裡喝，不允許帶進去。	Si vous avez soif, vous pouvez boire ici, mais il est interdit d'entrer avec ça.
請將這張申請卡交給出口處的官員。	Donnez ce formulaire de déclaration à l'officier à la sortie.
這些是違禁品。	Ce sont des objets prohibés. 類 Ce sont des articles détaxés. 這些是免税品。
禁止攜帶違禁品。	Il est interdit de monter dans l'avion avec les objets prohibés.
這些是走私商品，必須沒收。	Ce sont des marchandises de contrebande, il faut les confisquer.
你還有其他的行李嗎？	Vous avez encore d'autres bagages?
你有攜帶酒類或香煙嗎？	Vous avez de l'alcool et des cigarettes sur vous?

261.mp3

我帶了兩瓶威士忌。	J'ai deux bouteilles de whisky. 類 J'ai deux cartouches de cigarettes. 我帶了兩條煙。
請出示你的健康證明。	Montrez-moi votre certificat médical.
你有預防注射證明嗎？	Avez-vous le certificat de vaccination?
你的證件符合手續，你可以過關了。	Vos papiers sont en règles, vous pouvez partir.
我的旅行箱找不到了。	Je n'ai pas trouvé ma valise.
我在哪兒查詢？	Où est-ce que je peux me renseigner?
裡面裝有什麼東西？	Qu'est-ce qu'il y a dedans? 承 Ce sont des vêtements et des livres. 是些衣服和書。
夫人，請稍等，我要查一查。	Madame, un instant s'il vous plaît, je vais contrôler. vais 是 aller 的現在時變位，在句子裡作助動詞。Aller+ 不定式構成最近將來時。
很抱歉，你的箱子還沒到。	Désolé, vos bagages ne sont pas encore arrivés.
請你填一下這張表。	Remplissez ce formulaire.
箱子到了我會跟你聯繫的。	Quand elle arrivera, je vous en informerai.

關鍵字

護照 le passeport	手提箱 la valise
申報 la déclaration	禮物 le cadeaux
出差 en mission	酒類 l'alcool

問路

262.mp3

請問，這附近有洗手間嗎？	Y a-t-il des toilettes près d'ici?
對不起，請問地鐵站在哪裡？	Excusez-moi, où est la station de métro?
對不起，我迷路了。	Excusez-moi, je suis perdu.
您能告訴我在地圖上的位子嗎？	Pouvez-vous m'indiquer où est-ce que je suis sur la carte?
您在這兒，中央公園附近。	Vous êtes ici, près du parc central.
對不起，我是第一次來這兒。	Désolé, c'est la première fois que je viens ici.
離這兒最近的巴士站在哪兒？	Où est l'arrêt d'autobus le plus proche d'ici? 承 Pas très loin, 5 minutes à pied. 不太遠，步行大概五分鐘。
請問火車站在哪裡？	Où est la gare? 承 Vous tournez à droite au premier feu. 請你在第一個紅綠燈處右轉。
這附近有書店嗎？	Est-ce qu'il y a une librairie près d'ici? 類 Est-ce qu'il y a un café près d'ici? 這附近有咖啡館嗎？
請問巴黎歌劇院在哪裡？	Où est l'Opéra de Paris?

263.mp3

電影院在哪裡？	**Où est-ce qu'il y a un cinéma?** 承 Le cinéma est à côté de l'opéra. 電影院和歌劇院挨着。
請問里昂信貸銀行在哪裡？	**Où est le Crédit lyonnais?** 承 C'est dans la rue Saint-Hélène. 在聖・艾萊娜大街。
蓬皮杜藝術中心在哪兒？	**Où est le Centre Pompidou?** 類 Où se trouve l'arrêt de bus? 巴士站在哪兒？
去旺多姆廣場怎麼走？	**Pour aller à la place Vendôme s'il vous plaît?** aller 是動詞不定式，放在介詞 pour 後面引出目的狀語。
奧賽博物館在哪兒？	**Où est le Musée d'Orsay?** 承 Il se trouve sur la rive gauche de la Seine. 奧賽博物館在塞納河左岸。
巴黎聖母院在哪兒？	**Où est Notre Dame de Paris?**
請問共和國廣場怎麼走？	**Pour aller à la Place de la République s'il vous plaît?** 承 Vous traversez la rue puis tournez à droite. 過馬路往左拐。
從這兒到艾菲爾鐵塔有多遠？	**A quelle distance se trouve la Tour Eiffel?** 承 Je vais y aller aussi, suivez-moi. 我也去那邊，您跟我走吧。
穿過前面的廣場就看見了。	**Vous les trouverez après avoir traversé la place juste devant.**
不近，還得走 20 分鐘。	**Ce n'est pas proche. Il faut 20 minutes à pied.**
不近，您得坐巴士。	**Ce n'est pas proche, il vous faut prendre un bus.**
離這兒近，您可走着去。	**C'est près d'ici, vous pouvez y aller à pied?**

264.mp3

往哪個方向走？	Quelle direction dois-je prendre?
往左走嗎？	Dois-je aller à gauche? 類 Dois-je tourner à gauche? 往左拐嗎？
這條街叫什麼？	Quel est le nom de cette rue?
我們現在哪裡？	Où sommes-nous maintenant?
離市中心遠嗎？	C'est loin du centre-ville?
比較遠，得走一會兒。	C'est loin, il faut du temps.
我怎樣才能找到這個地方？	Comment puis-je trouver cet endroit?
不認識路的話就乘的士吧。	Si vous ne connaissez pas le chemin, prenez un taxi.
哪條路最近？	Quel est le chemin le plus proche?
是在馬路的對面嗎？	C'est en face de la rue?
圖上的大樓就在對面嗎？	Est-ce que le grand immeuble sur la carte, c'est celui d'en face? 承 Désolé, je ne sais pas non plus. 抱歉，我也不太清楚。
需要過馬路嗎？	Faut-il traverser la rue?
您不需要過馬路。	Ce n'est pas la peine de traverser la rue. traverser 是動詞不定式，在句子裡做名詞補語。
一直走，過兩條街就是了。	Vous allez tout droit, vous le verrez. après avoir passé deux rues.

265.mp3

就在附近。	C'est tout près d'ici. 反 C'est encore loin. 還很遠。
小心不要走錯了方向。	Faites attention, ne prenez pas la fausse direction.
您走錯路了。	Vous avez fait fausse route. 同 Vous vous êtes trompé de chemin.
您得往回走。	Vous devez retourner en arrière. 類 Vous auriez dû passer votre destination. 您大概走過了。
那段距離不會花很長時間的。	Il ne vous faut pas beaucoup de temps pour une telle distance.
在您的左手邊你會看到一座加油站。	Vous verrez une station d'essence à votre gauche.
您繼續走，直到一個三岔路口。	Continuez de marcher, jusqu'à l'intersection de trois routes.
向右轉，經過兩個交通燈，就會看到。	Tournez à droite, et vous allez le voir après avoir passé deux feux.
你最好問問別人吧。	Il vous vaut mieux demander à un autre.
我不是當地人。	Je ne suis pas d'ici.
抱歉，我不是巴黎人。	Désolé, je ne suis pas Parisien.

關鍵字

動詞 arriver 的直陳式簡單將來時變位

j'arriverai	nous arriverons
tu arriveras	vous arriverez
il (elle) arrivera	ils (elles) arriveront

買電話卡

266.mp3

我能在什麼地方買到電話卡？	Où est-ce que je peux acheter une carte téléphonique? peux 是 pouvoir 的第一人稱 je 的現在時變位，它的後面直接加不定式。
我想買一張電話卡。	Je voudrais une carte téléphonique. 類 Je viens prendre une carte téléphonique. 我是來買電話卡的。
您這兒有什麼樣的電話卡？	Quel type de carte avez-vous?
您要幾張卡？	Combien de cartes voulez-vous? 承 J'en veux trois. 我要三張卡。
您要多少錢的卡？	Vous voulez une carte qui coûte combien? 同 Vous voulez une carte à combien?
您想要一張 100 元的卡還是 50 元的？	Vous voulez la carte de 100 dollars ou de 50 dollars? 承 Une carte de 50 dollars, ça me suffit. 50 元的卡就可以了。
我們有許多種類的電話卡供您選擇。	Nous avons de nombreux types de cartes de téléphone, vous avez donc beaucoup de choix.
這張卡能打國際長途嗎？	On peut téléphoner à l'étranger avec cette carte?
我想要能打國際長途的電話卡。	Je voudrais une carte téléphonique pour les appels internationaux.
哪種卡最經濟？	Quelle carte est la plus économique?

267.mp3

不好意思，我們這沒有您想要的卡。	Désolé, nous n'avons pas la carte que vous voulez.
這種卡和您說的一樣好。	Cette carte a le même fonctionnement que celle dont vous avez parlé.
如果您能多買，我會給您優惠價。	Si vous en voulez plus, vous aurez un prix préférentiel. 類 Si vous en voulez plus, vous aurez plus de réduction. 如果你能多買，我會給您更多折扣。
不好意思，我不需要那麼多電話卡。	Désolé, je n'ai pas besoin de tant de cartes.
我只需要一張卡。	J'en ai besoin seulement d'une. avoir besoin 是動詞短語，後面可以用 de 引出名詞或不定式。
這張卡我不會用，您能給我解釋嗎？	Je ne sais pas comment utiliser cette carte, pouvez-vous me l'expliquer?
我覺得這張卡有問題，請給我換另一張。	Je pense que cette carte a un problème, pourriez-vous m'en donner une autre?
不是這張有問題，而是你沒有正確使用。	Ce n'est pas que cette carte a un problème, c'est que vous ne l'avez pas utilisé correctement.
這是貴賓卡，不會有問題。	C'est une carte de VIP, il n'y aura pas de problème.
我對這張卡的功能不滿意。	Je ne suis pas très content du fonctionnement de cette carte.

關鍵字

類型 le type	電話卡 une carte téléphoniquee
多少 combien	折扣 la réduction
經濟的 économique	重新充電 recharger

住宿

268.mp3

歡迎光臨我們的酒店。	Bienvenue à notre hôtel.
能為您服務嗎？	Puis-je vous aider?
請問您有預訂嗎？	Est-ce que vous avez une réservation? 承 Oui, j'ai fait ma réservation il y a 15 jours. 有，15 天前預訂的。
請告訴我訂房人的姓名。	Donnez-moi le nom de la personne qui a réservé cette chambre, s'il vous plaît.
請問誰幫您預訂房間的？	Qui a réservé la chambre pour vous?
您訂了兩間豪華房，對嗎？	Vous avez réservé deux chambres de luxe, n'est-ce pas? 承 Oui, c'est vrai, pour deux nuits. 是的，住兩晚。
請您出示護照。	Montrez-moi votre passeport, s'il vous plaît.
請填一下登記表	Veuillez remplir ces fiches.
您的房間是 324。	La chambre 324 est à vous.
我可以看一看房間嗎？	Est-ce que je peux voir la chambre?
是否還有更大的房間？	Est-ce que vous avez une chambre plus grande?

269.mp3

是否還有更好的房間？	Est-ce que vous avez une meilleure chambre? meilleure 是形容詞 bonne 的形容詞比較級。
我已經預訂了房間，從今天開始，一共五天。	J'ai déjà réservé une chambre pour 5 jours depuis aujourd'hui.
請稍等，我查一下訂房名單。	Une seconde, s'il vous plaît. Je vais vérifier la liste des réservations.
這是您的房間鑰匙，9 層，1025 室。	Monsieur, voici la clé de votre chambre, 1025 au 10e étage.
能告訴我要往哪裡走嗎？	Pourriez-vous me dire par où je dois monter? 承 Suivez cette serveuse, s'il vous plaît. Elle vous conduira. 請跟這位服務員走，她會告訴你的。
我預定了兩個雙人房間。	J'ai réservé deux chambres à deux lits. 類 J'ai réservé deux chambres à deux lits pour 3 nuits. 我預定了兩個雙人房間，3 個晚上。
兩個房間是挨着的，在六樓。	Les deux chambres sont voisines, au cinquième étage. 反 Les deux chambres ne sont pas au même étage. 兩個房間不在一樓層上。
這是您的房卡，先生。	Voici votre carte de chambre, Monsieur.
我們可以有幾張房卡？	Combien de cartes de chambre y a-t-il pour nous? 承 Deux cartes. 兩張卡。
如果您想散步可以去花園。	Si vous voulez vous promener, vous pouvez aller au jardin.

270.mp3

服務員會將行李送到您的房間。	Le groom montera vos bagages dans votre chambre. montera 是 monter 的簡單將來時變位。
能代保管貴重物品嗎？	Vous pourriez garder des objets de valeur pour moi?
房間裡面可以上網嗎？	Puis-je me connecter à Internet dans ma chambre?
怎麼打國際電話？	Comment appeler à l'international? 承 Vous avez la ligne internationale directe dans la chambre. 房間電話是國際直撥。
酒吧和咖啡館什麼時間開放？	A quelle heure ouvrent le bar et le café? 類 Y a-t-il d'autres services dans l'hôtel? 酒店裡還有其他服務項目嗎？
我想要明天早上的叫醒服務。	Je voudrais être réveillé demain matin. 承 A quelle heure? 你想要幾點叫醒您？ A 7 heures, merci. 七點，謝謝。
請給我送一壺咖啡。	Apportez-moi un pot de café, s'il vous plaît. 類 Apportez-moi des glaces et de l'eau, s'il vous plaît. 請給我送一些冰塊和水。
我有些衣物需要送洗。	J'ai le linge à laver. laver 是不定式，在此句中做介詞 à 引導的表示用途的名詞補語。
洗的衣服多長時間能送來？	Combien de temps faut-il pour récupérer le linge propre? 承 On vous le remettra avant dix heures du soir. 晚上 10 點以前給你送來。
這些衣物需要熨平。	Il faut repasser ces vêtements.

271.mp3

我明早九點以前需要這些清洗的衣物。	J'ai besoin de ces vêtements propres avant 9 heures demain matin.
餐廳在哪兒？	Où est le restaurant? 承 Il est au premier étage. 餐廳在二樓。
餐廳幾點開始營業？	A quelle heure ouvre le restaurant? 類 A quelle heure est-ce qu'on fournit le petit déjeuner? 早餐幾點開始供應？
晚餐幾點開始？	A quelle heure peut-on dîner? 承 A partir de 6 heures. 從 6 點開始。
我們有中餐廳和西餐廳。	Nous avons un restaurant chinois et un restaurant occidental.
您喜歡哪個？	Lequel aimez-vous?
在二樓有個娛樂中心。	Il y a un centre de loisirs au premier étage.
你可以去打打乒乓球、桌球和保齡球。	Vous pouvez y faire du ping-pong, du billard et du bowling.
樓下有個茶座。	En bas, il y a un salon de thé.
你可以一邊欣賞古典音樂一邊品嘗中國茶。	Vous pouvez déguster du thé chinois en écoutant de la musique classique.
在拐角處可以買到中國香煙和外國香煙。	Vous pouvez acheter des cigarettes chinoises et étrangères au coin.
有個櫃枱出售各種各樣的紀念品。	Il y a un rayon qui vend de toutes sortes de souvenirs.

272.mp3

我想要一條毛毯，房間裡面太冷了。	Je voudrais une couverture de laine, la chambre est trop froide. voudrais 是 vouloir 的條件式現在時變位，用於獨立句中，表示委婉的願望。
房間的空調壞了嗎？	Le climatiseur est-il en panne? 承 Je vais le vérifier. 我給你看看。
這是空調開關，您在這上面按一下就可以了。	C'est le bouton de climatisation. Vous n'avez qu'à appuyer dessus.
好像電視壞了，無法開啟。	Il semble que la télévision est en panne. Je ne peux pas la faire marcher.
熱水不夠熱。	L'eau n'est pas assez chaude. 類 Il n'y a pas d'eau chaude dans la chambre. 房間內沒有熱水。
能給我換個房間嗎？這兒太吵了。	Pouvez-vous me changer de chambre? Il y a trop de bruit.
請稍等，我跟服務台聯繫一下。	Une seconde, je contacte la réception.
您可以換到樓上的房間。	Vous pouvez changer pour une chambre à l'étage.
我們還想多住兩個晚上。	Nous voulons séjourner encore 2 nuits.
我們今天要退房，您能準備一下我的賬單嗎？	Nous quitterons l'hôtel aujourd'hui, pouvez-vous préparer notre note?
請等一下，我馬上把賬單準備好。	Une minute s'il vous plaît, je vais préparer votre note tout de suite.

273.mp3

這是您的賬單，請核對一下。	Voici votre note, veuillez vérifier s'il vous plait.
我用了小冰箱裡的一瓶可樂和啤酒。	J'ai bu une bouteille de coca-cola et une bouteille de bière dans le minibar dans la chambre.
您給國外打電話了嗎？	Vous avez téléphoné à l'étranger ？ 承 Oui, deux fois. 打了兩次。
以上費用都是您來付嗎？	Vous payez toutes ces dépenses ci-dessus? 承 Oui, mettez-les sur ma note, s'il vous plaît. 是的，請記在我的賬上。
我可以用信用卡付賬嗎？	Puis-je payer par carte de crédit? 承 Oui. 可以。
這是您的收據，請在這裡簽字。	Voici votre reçu, signez ici, s'il vous plaît.
我想明天退房。	Je veux partir demain.
我得什麼時候辦理退房手續？	Quand est-ce que je dois libérer la chambre? 承 Vous devez libérer la chambre avant 12 heures à midi. 退房時間是中午十二時以前。
如果您想延遲至下午六時前退房，另加半天房費。	Si vous libérez la chambre avant 6 heures de l'après-midi, vous devez payer encore le coût d'un demi-jour.

關鍵字

檢查 vérifier
保管 garder
洗滌 laver
吃晚飯 dîner
品嘗 déguster
按、壓 appuyer

旅行諮詢

274.mp3

能幫我介紹一家旅行社嗎？	Pouvez-vous proposer une agence de voyages?
你們有哪些旅遊路線？	Quels itinéraires touristiques avez-vous? 類 Quel circuit touristique avez-vous?
您想參加什麼樣的旅遊路線？	A quel itinéraire touristique voulez-vous participer? 承 Je veux participer à une excursion d'un jour. 我想參加一日遊。
您是想市區觀光，還是到外地旅遊呢？	Voulez-vous faire du tourisme en ville ou en province?
我們這裡有三日遊，七日遊。	Nous avons le voyage en trois jours et en sept jours.
哪種旅遊比較便宜？	Quel genre de voyage coûte moins cher?
我現在是個學生，沒有多少錢。	Je suis actuellement étudiant et je n'ai pas beaucoup d'argent.
我建議您坐旅遊車旅行，價格也合理。	Je vous propose un voyage en car, et le prix est raisonnable.
車上很舒適，備有必要的生活設施。	Le car est très confortable, il y a à bord tout ce qu'il faut pour voyager.

275.mp3

旅遊時間多長？	Ça dure combien de temps, ce voyage? 承 Deux semaines. 半個月。
費用稍貴一些，但包括了機票、住宿費和餐飲費。	Les frais sont un peu élevés, mais ils comprennent le billet d'avion, le logement et les repas.
您可以好好瀏覽這座名城。	Vous pouvez bien visiter cette ville célèbre.
我喜歡參觀河流。	J'aime bien visiter les fleuves. visiter 是不定式，做 aimer 的直接賓語。
您能給我介紹法國有哪些河流嗎？	Pourriez-vous me présenter des fleuves en France.
有許多河流經法國。比如盧瓦爾河、羅納河、塞納河等。	Beaucoup de fleuves traversent la France. Par exemple, la Loire, le Rhône, la Seine, etc.
盧瓦爾河岸有很多美麗的城堡。	Au bord de la Loire, il y a beaucoup de beaux châteaux.
穿越巴黎的塞納河令人留下美好的回憶。	La Seine, qui traverse Paris, laisse d'excellents souvenirs.
應該去參觀德法分界的萊茵河。	Il faut absolument visiter le Rhin, qui sert de démarcation entre l'Allemagne et la France.
您不想去參觀阿爾卑斯山嗎？	Ne voulez-vous pas visiter les Alpes? 承 Si, je voudrais bien faire du ski dans les Alpes. 很想去那兒滑雪。

276.mp3

歐洲第一峰勃朗峰也在法國境內。	Le Mont blanc, le premier mont d'Europe, se situe aussi en France
你應該去參觀科西嘉島。	Vous devez absolument visiter la Corse.
科西嘉島是名副其實的美麗的島。	La Corse, l'île de beauté, porte bien son nom.
科西嘉島距法國藍色海岸約 200 公里。	La Corse se trouve à environ 200km de la Côte d'Azur.
島上終年四季如春的溫暖天氣令人陶醉。	Le temps est tempéré à l'île comme le printemps toute l'année, c'est enivrant.
我們很快組織一次歐洲旅行，到時請您來參加。	Nous organiserons un voyage pour l'Europe, je vous conseille d'y participer.
您絕對應該去科爾馬遊覽。	Vous devez absolument aller à Colmar. 承 Pourriez-vous m'expliquer pourquoi? 您能解釋一下為什麼嗎？
那是一座風景秀麗的迷人小鎮。	C'est un village pittoresque et attrayant.
小鎮有小威尼斯般的街區。	Il possède un quartier de la petite Venise.
別忘了參觀永遠的浪漫之都巴黎。	Il ne faut pas oublier de visiter Paris qui demeure l'éternelle romantique.
謝謝您的介紹，我一定去看看。	Je vous remercie de votre présentation, je vais sûrement y aller.

277.mp3

我想要出去旅行，但拿不定主意去哪兒。	Je voudrais faire du tourisme, mais je n'ai pas d'idée.
我更想瀏覽不同的風景。	Je préfère parcourir des paysages différents. préfère 是動詞 préférer 的第一人稱 je 的動詞變位，後面可以有不定式做賓語。
我更喜歡自然景觀，比如山水風光、名山大川之類。	Je préfère les spectacles naturels, comme les paysages de montagne et de rivière, les monts et cours d'eau très célèbres, etc.
這個城市有什麼獨特的風光嗎？	Y a-t-il des sites particuliers dans cette ville?
如果可以，我想拿幾本小冊子回去看看。	Si c'est possible, je voudrais quelques brochures pour les lire.
明天的天氣晴朗，非常適合乘船遊覽。	Il fera beau demain, ce sera possible de voyager par bateau.
在這個城市旅遊需要多少天？	Combien de temps faut-il pour visiter cette ville?
我們要好好地利用在此地停留的最後一天。	Nous devons bien profiter de la dernière journée du séjour à cet endroit.
我們不想加入旅行團。	Nous ne voulons pas voyager en groupe.

關鍵字

旅程 un itinéraire
遊覽 une excursion
住宿 le logement
江、河 le fleuve
阿爾卑斯山脈 les Alpes
風景如畫的 pittoresque

在景區

278.mp3

門票多少錢？	Combien coûte un billet?
你要幾張票？	Combien de billets voulez-vous?
我想要兩張門票。	Je voudrais deux billets s'il vous plaît.
旅遊詢問處在哪兒？	Où se trouve le bureau des renseignements?
博物館幾點開館？	A quelle heure ouvre ce musée?
我想要一個會英語的導遊。	Je veux un guide qui puisse parler anglais. puisse 是動詞 pouvoir 的虛擬式現在時變位。由於 qui 引出的關係從句表示要達到的願望，所以謂語用虛擬式。
今天下午我有什麼可以為您效勞的嗎？	Qu'est-ce que je peux vous rendre comme service cet après-midi?
現在讓我向您介紹一下旅遊的日程吧。	Permettez-moi maintenant de vous parler de votre calendrier de voyage.
我們現在休息 30 分鐘。	Nous nous reposons 30 minutes.
我們上午乘船遊覽。	Nous ferons un voyage en bateau dans la matinée.
我們中午在碼頭吃飯。	Nous mangerons au quai à midi.
小心，不要滑倒。	Attention, ne glissez pas.

279.mp3

您看那邊，您的右側是植物園。	Vous voyez là-bas, sur votre droite, c'est le Jardin Botanique.
在這個植物園中，您幾乎可以看到我國所有的植物。	Dans ce Jardin Botanique, vous pouvez voir presque toutes les plantes de notre pays.
你們帶照相機了嗎？	Vous avez apporté l'appareil photo?
你們可以拍照留念。	Vous pouvez prendre des photos ici comme souvenir.
您能為我們拍張照片嗎？	Vous pouvez prendre des photos de nous? 承 Avec plaisir. 非常願意。
開始照了，請大家笑一笑。	On commence, souriez s'il vous plaît.
這些花太漂亮了。	Comme ces fleurs sont belles! 類 Ces fleurs sentent bon. 這些花香氣撲鼻。
這裡太漂亮了。	C'est vraiment magnifique.
我們今天晚上要去哪裡？	Où allons-nous ce soir?
我們去觀賞城市的夜景。	Nous allons admirer la vue nocturne de la ville. allons 是 aller 的第一人稱複數 nous 的現在時變位。在此句中，aller 不是助動詞，是“去”的意思。
這是一個很知名的賽馬場。	C'est un très célèbre hippodrome.
我們可以去參觀在這附近的一家教堂。	Nous pouvons visiter une église près d'ici.

280.mp3

現在你們可以回酒店休息。	Maintenant, vous pouvez rentrer à l'hôtel pour vous reposer.
我對古代建築物很感興趣。	Je suis très intéressé par les constructions anciennes.
我們馬上就能欣賞到巴黎的名勝古蹟了。	Nous allons bientôt admirer des monuments historiques de Paris.
您是第一次坐塞納河上的遊覽船嗎？	Est-ce la première fois que vous prenez le bateau-mouche sur la Seine?
我們聽聽導遊的講解吧。	Ecoutons l'explication du guide.
面對我們的是艾菲爾鐵塔，它是法國的象徵。	En face de nous, c'est la Tour Eiffel, elle est un symbole de la France.
它的高度是多少？	Quelle est sa hauteur? 承 Environ 300 mètres. 大約 300 多米。
那邊有一個塑像。	Là-bas, il y a une statue.
我們很遺憾不能到塑像旁邊。	Nous regrettons de ne pas pouvoir être à côté de la statue.
瞧，我們到了巴黎聖母院了。	Regardez, nous avons atteint Notre Dame de Paris.
今天我親眼看到了巴黎聖母院，真漂亮。	Aujourd'hui, je vois Notre-Dame de Paris de mes propres yeux, comme c'est beau!
什麼時候我們參觀羅浮宮？	Quand allons-nous visiter le Louvre? 承 Cet après-midi. 今天下午。

281.mp3

你們看，左邊是羅浮宮。	Regardez, à droite, c'est le Louvre.
快過來，這裡的海灘真美。	Venez vite, comme c'est beau la plage!
我喜歡在海灘上漫步。	Je préfère marcher sur la plage.
海風吹着很舒服。	La brise de mer est très agréable. 類 L'eau de mer est fraîche et agréable. 海水真涼，很舒服。
請看這些貝殼，多漂亮啊。	Regardez ces coquillages, ils sont très beaux.
我把這些貝殼帶回家裡放在魚缸裡。	Je les rapporterai à la maison pour les mettre dans l'aquarium.
今天我們無法游泳，因為海浪很大。	Aujourd'hui nous ne pouvons pas nager, parce que les vagues sont très grandes.
距離海岸不遠有個小島。	Il y a une petite île pas loin de la côte. 承 Est-ce qu'on peut louer un bateau pour y aller? 可以租船去嗎？
我彷彿置身於另外一個世界。	Il me semblait me trouver dans un autre monde.
我終於夢想成真了。	J'ai enfin réalisé mon rêve.
我懷疑我是不是在做夢。	Je doutais de si je rêvais ou non.

關鍵字

動詞 prendre 的直陳式現在時變位

je prends	nous prenons
tu prends	vous prenez
il (elle) prend	ils (elles) prennent

語法 9：直陳式現在時的動詞變位（一）

動詞用在句中時，要按照語式、時態、人稱等改變形式。這種變化就叫做動詞變位。

法語動詞從變位角度分為三組，第一組是以 -er 結尾的規則動詞（除了 aller 動詞之外），第二組是以 -ir 結尾的規則動詞，第三組是不規則動詞。

第 1 組動詞的直陳式現在時：

以 -er 結尾的原形動詞，如 parler, penser, regarder 等，其變位是由動詞詞根加下列詞尾構成，如 –e, -es, -e, -ons, -ez, -ent。

parler: je parle, nous parlons, tu parles, vous parlez, il (elle) parle, ils (elles) parlent

第 2 組動詞的直陳式現在時：

以 -ir 結尾的原形動詞，如 finir, grandir, réfléchir 等，其變位是由動詞詞根加下列詞尾構成，如 –is, -is, -it, -issons, -issez, -issent。

finir: je finis, nous finissons, tu finis, vous finissez, il (elle) finit, ils (elles) finissent

Chapter 10

特殊場景

餐廳

284.mp3

歡迎光臨本餐廳。	Soyez les bienvenus à notre restaurant. Soyez 是繫動詞 être 的第二人稱複數 vous 的命令時變位。
歡迎光臨本西餐廳。	Soyez les bienvenus à notre restaurant occidental.
請問您預定座位了嗎？	Vous avez réservé? 承 Oui, on a réservé la table N°6. 預定了。我們預訂了六號桌。
請隨我來，這是您訂的桌子。	Suivez-moi, s'il vous plaît. Voilà la table que vous avez réservée.
我們共有六個人。	On est six en tout. Combien êtes-vous? 你們共幾個人？ On est six en tout. 我們共有六個人。
我們想要面對花園的位子。	Nous voudrions les places en face du jardin.
對不起，那些位子已經有人預定了。	Pardon, ces places ont déjà été réservées.
先生，這是菜單。	Monsieur, voici la carte.
您想吃什麼？	Qu'est-ce que vous voulez prendre?
您喝點什麼？	Que voulez-vous boire?

285.mp3

您不想喝咖啡或茶嗎？	**Vous ne voulez pas boire du café ou du thé?** 承 Si, je veux un café. 我要一杯咖啡。
你要芝士嗎？	**Voulez-vous du fromage?** 承 Oui, j'adore les fromages français. 要，我喜歡法國的芝士。
頭盤菜您要什麼？	**Que voulez-vous comme entrée?** 承 Comme entrée, je veux un hors-d'œuvre. 頭盤菜我想要冷盤。
請您給我一份蔬菜沙律。	**Donnez-moi une salade de légumes.**
你們飯店的特色菜是什麼？	**Quelles sont les spécialités de votre restaurant?**
我要一份牛排。	**Je voudrais une part de bifteck.** 類 Pour moi, un sandwich et une frite. 我要一塊三文治和一份薯條。
我也要同樣的。	**Je veux la même chose.**
您的牛排要如何烹調？	**Comment faut-il cuisiner votre bifteck?**
全熟。	**Bien cuit.** 類 Saignant. 半熟。
您有什麼忌口嗎？	**Suivez-vous un régime particulier?** 類 Y a-t-il des choses que vous ne pouvez pas manger? 有什麼是您不能吃的嗎？
我不喜歡吃辣的。	**Je n'aime pas les plats piquants.**
我怕辣的菜餚。	**J'ai peur des plats piquants** 同 Je ne supporte pas les plats piquants.
我最喜歡清淡的食物。	**Ce que j'aime le plus, ce sont les plats légers.**

286.mp3

我喜歡口味重的食物。	J'aime les nourritures avec les goûts forts.
我必須避免含油脂的食物。	Je dois éviter les aliments riches en graisses.
我必須避免含糖分的食物。	Je dois éviter les aliments trop sucrés.
飯後甜點，我要一份蛋糕。	Comme dessert, je voudrais prendre un gâteau.
我要冰淇淋。	Je voudrais une glace.
我們馬上為你們上菜。	Vous allez être servis tout de suite. 同 Les plats vous seront bientôt servis.
聽說法國有 365 種以上的芝士。	On dit qu'il y a plus de 365 sortes de fromages en France.
我真想每個都嘗一嘗。	Je veux goûter un peu de tout. goûter 是不定式，在句中做 vouloir 的直接賓語。
餐廳有哪幾種酒？	Qu'est-ce qu'il y a comme vin ici? 同 Combien de sortes de vin offre-t-on ici?
您能給我們建議一些不錯的酒嗎？	Pourriez-vous nous conseiller quelques bons vins?
我可以看看酒單嗎？	Est-ce que je pourrais voir la carte des vins.
請給我來點兒啤酒吧。	Donnez-moi de la bière. 承 En bouteille ou à la pression? 瓶裝的還是散裝的？ En bouteille. 瓶裝的。
我要一杯紅葡萄酒。	Je veux un verre de vin rouge.
我要一杯白葡萄酒。	Je veux un verre de vin blanc.

287.mp3

我要一杯威士忌。	Je veux un verre de whisky.
要兩杯咖啡。	Deux cafés, s'il vous plaît.
要一點牛奶嗎？	Un peu de lait? 承 Non, merci. J'aime boire le café noir. 不，謝謝。我喜歡喝黑咖啡。
我要買單。	L'addition, s'il vous plaît.
我可以用信用卡付賬嗎？	Je peux payer par carte de crédit?
多少錢？	Ça fait combien? 承 Ça fait €28 en tout. 一共 28 歐元。
這裡的咖啡真香！	Ce café sent très bon! 承 Il est meilleur que d'habitude. 今天的咖啡比平時更香。
今天的咖啡太濃了，這對心臟不好。	Le café d'aujourd'hui est trop fort, ce n'est pas bon pour le cœur.
謝謝您美味的晚餐。	Merci de votre délicieux dîner.
這是賬單。	Voilà l'addition.
這是 30 歐元。	Voilà 30€. 承 Le prix du repas est de €28, je vous rends €2. 餐費是 28 歐元，找你 2 歐元。
零錢留着吧。	Gardez le reste.

關鍵字

動詞 **vouloir** 的直陳式現在時變位

je veux	nous voulons
tu veux	vous voulez
il (elle) veut	ils (elles) veulent

銀行

288.mp3

您好，哪裡可以換錢？	Bonjour, où je peux changer de l'argent? 承 Au guichet No 6 s'il vous plaît. 請去 6 號窗口。
請問今天的匯率是多少？	Quel est le taux de change aujourd'hui?
這是銀行的買入價，這是銀行的賣出價。	Voici le cours acheteur et voilà le cours vendeur.
你們的手續費怎麼收取？	Quelle est votre commission?
這家銀行辦理外匯業務要收取高額手續費。	Cette banque prend une forte commission sur les opérations de change.
請問 500 美元兑換多少英鎊？	Contre combien de livres sterling peut-on changer 500 dollars? 類 Pourriez-vous me changer ces livres sterling? 能給我兑換這些英鎊嗎？
我想把 1000 美金換成歐元。	Je voudrais changer 1000 dollars en euros.
我想把沒用完的美元換回港幣。	Je voudrais changer le reste des dollars en euros. 類 Je voudrais changer les dollars de Hong Kong en RMB. 我想把港幣兑換成人民幣。

289.mp3

您想要什麼面值？	Quelles coupures voulez-vous?
請將 200 歐元兌換成小額紙幣，20 歐元換成硬幣。	Donnez-moi 200 euros en coupure et 20 euros en pièces, s'il vous plaît.
您能兌換旅行支票嗎？	Pouvez-vous changer le chèque de voyage? 承 Donnez-le-moi avec votre passeport s'il vous plaît. 請把它跟護照一起給我。
請您在這裡簽字。	Veuillez signer ici. Veuillez 是動詞 vouloir 的第二人稱複數 vous 的命令式變位。
我想開一個賬戶。	Je voudrais ouvrir un compte.
您要開活期賬戶還是定期賬戶？	Vous voulez ouvrir un compte courant ou un compte d'épargne? 承 Un compte courant. 活期賬戶。
活期賬戶有利息嗎？	Est-ce que un compte courant a un intérêt? 承 Oui, mais très peu. 有，但很少。
開一個賬戶要什麼證件？	Qu'est-ce qu'il faut comme papiers pour ouvrir un compte? 承 Il faut votre passeport et votre carte de séjour. 需要您的護照和居留證。
您打算存多少錢？	Combien d'argent comptez-vous déposer sur votre compte?
我想存三年期的定期存款。	Je veux faire un dépôt à l'échéance de trois ans.
我的定期存款到期了。	Mon dépôt est arrivé à échéance.

290.mp3

我可以續存嗎？	Puis-je prolonger mon compte?
您需要存多久？	Pour combien de temps voulez-vous encore déposer? 承 Encore un an. 還要存一年。
定期存款的利率比活期存款高。	Le taux d'intérêt du compte d'épargne est plus intéressant que celui du compte courant.
我的賬戶上有多少錢？	Combien d'argent y a-t-il sur mon compte? 承 Il n'y a que 1000 euros. 現在只有 1000 歐元。
您要取多少錢？	Combien d'argent voulez-vous retirer?
我想取 500 歐元。	Je veux retirer 500 euros.
請你按一下密碼。	Veuillez composer votre code.
密碼不對，請重新輸入。	Le code n'est pas correct, veuillez recomposer votre code s'il vous plaît.
取錢的人太多了，我們到自動取款機裡取吧。	Trop de gens retirent de l'argent. Allons retirer à la billetterie.
自動取款機比銀行職員快得多呢。	La billetterie est plus rapide qu'un employé bancaire.
請您告訴我怎麼取錢。	Voulez-vous me dire comment retirer de l'argent?
請插卡，然後輸入您的密碼。	Introduisez votre carte dans l'appareil et composez votre code confidentiel.

291.mp3

請取走您的鈔票。	Veuillez retirer votre argent.
請取卡。	Veuillez retirer votre carte.
自動取款窗也向你提供賬戶查詢服務。	Les guichets automatiques de notre banque vous permettent aussi de consulter la situation de vos comptes.
切勿把您的個人密碼和您的信用卡放在一起。	Ne conservez jamais votre code confidentiel avec votre carte de crédit.
先生，自動取款機吞了我的銀行卡。	Monsieur, le distributeur automatique a avalé ma carte.
別着急，您帶身份證了嗎？	Ne vous inquiétez pas. Avez-vous votre carte d'identité? 承 Oui, la voilà. 帶了，給你。
請稍等，我馬上取出來還給您。	Attendez un instant, je vais la récupérer.
我的信用卡丟了，要掛失該找誰？	J'ai perdu ma carte de crédit, à qui dois-je m'adresser pour faire une déclaration de perte? ai perdu 是動詞 perdre 的複合過去時結構。
先生，我想申請旅行支票。	Monsieur, je voudrais demander un chèque de voyage.
好了，給你吧。	Bon, voilà pour vous.

關鍵字

換錢 changer de l'argent
匯率 le taux de change
活期帳戶 un compte courant
定期帳戶 un compte d'épargne
利率 Le taux d'intérêt
取錢 retirer de l'argent

商場

292.mp3

請問您需要些什麼？	Qu'est-ce que vous voulez? 承 Je voudrais une veste bleue. 我想要一件藍色的上衣。
請問賣鞋的專櫃在哪兒？	Où se trouve le comptoir de chaussures? se trouve 是代詞式動詞 se trouver 的直陳式現在時變位。
有您喜歡的嗎？	Y a-t-il quelque chose que vous aimez? 承 Pour le moment, non. 暫時沒有。
我要買這個禮物送給我朋友。	Je voudrais acheter ce cadeau pour mon amie.
請幫我把這個包起來。	Je vous prie d'emballer ce paquet.
請把那個給我看看。	Montrez-moi celui-là s'il vous plait.
把這塊手錶讓我看看。	Montrez-moi cette montre-là s'il vous plait.
這個要多少錢？	Ça coûte combien? 同 Ça fait combien? 同 Quel est le prix?
我要付多少錢？	Combien dois-je payer? 承 Le prix est écrit en bas. 下面有價格。
您可以算便宜一點嗎？	Vous pouvez baisser un peu le prix?

293.mp3

太貴了。	C'est très cher. 反 C'est bon marché. 很便宜。
有打折的商品嗎？	Avez-vous des marchandises en solde? 承 Oui, ces marchandises son toutes en solde. 有，這些都是打折商品。
我可不可以用信用卡付帳？	Est-ce que je peux payer par carte de crédit? 承 Oui, comme vous voulez. 可以，您隨便。
在哪裡可以換錢？	Où peut-on changer de l'argent? 承 A la banque, à l'aéroport, à l'hôtel. 在銀行、機場、賓館裡都能換。
我要如何付錢？	Par quel moyen dois-je payer?
用現金還是用信用卡？	Par carte de crédit ou en espèce?
我能開支票嗎？	Est-ce que je peux payer par chèque?
你們接受旅行支票嗎？	Vous acceptez un chèque de voyage? 承 Non, nous n'acceptons que de l'argent liquide. 不，我們只收現金。
我能幫您嗎？	Est-ce que je peux vous aider? 承 Non, merci, je regarde seulement. 謝謝，我只是看看。
你能把這隻杯子讓我看一下嗎？	Pourriez-vous me montrer cette tasse? Pourriez 是 pouvoir 的條件式現在時的變位，表示請求。
這件襯衫多少錢？	Ça coûte combien cette chemise? 類 Est-ce que cette veste est en solde? 這件襯衫打折嗎？

294.mp3

有沒有別的顏色？	Avez-vous d'autres couleurs?
我可以試穿這個嗎？	Puis-je l'essayer? 承 Oui, la cabine d'essayage est à côté. 可以，試衣間在旁邊。
您認為這件衣服適合我嗎？	Trouvez-vous que cette veste me va bien? 類 Comment trouvez-vous ce pantalon. 您覺得這條褲子怎樣？
尺寸不太合適。	La taille ne vous va pas.
可以給我一個大點兒的嗎？	Pouvez-vous me donner la taille un peu plus grande?
太大了。	C'est trop grand. 反 C'est trop petit. 太小了。
我很喜歡淡藍色的那件，我可以試嗎？	J'aime la veste bleu clair. Puis-je l'essayer?
這個藍色的怎樣？	Comment trouvez-vous ce bleu? 承 Cette couleur est très à la mode. 這個顏色很流行。
您為什麼不試一試？	Pourquoi vous ne l'essayez pas?
我建議您試一試，試衣間就在那邊。	Je vous conseille de l'essayer, la cabine d'essayage est là.
尺寸正合適！	C'est juste votre taille.
這件衣服對你來說有點大。	Cette veste est un peu large pour vous.
紫色的衣服是我最喜歡的。	J'aime le plus la veste violette.

295.mp3

這種布料有些貴，但質量更好。	Cette étoffe est plus coûteuse, mais la qualité est meilleure.
這些領帶要多少錢？	Combien coûtent ces cravates?
在價格上沒什麼明顯區別。	Il n'y a pas de grande différence entre les prix.
您覺得這條裙子怎麼樣？	Comment trouvez-vous cette jupe? 承 Elle est très jolie. 太好看了。
這件衣服打折嗎？	Cette veste est-elle en solde?
我正在考慮買這件毛衣。	J'envisage d'acheter ce pull-over. 承 Je trouve que ce pull-over ne convient pas à votre âge. 我覺得這件不適合您的年齡。
我的毛衣太多了，不想再買了。	Mes tricots sont nombreux, je ne veux plus en acheter.
這條圍巾很漂亮，再説價格也不貴。	Ce foulard est très chic, et it n'estpas cher du tout.
我非常高興能夠買到我喜歡的物品。	Je suis très contente de pouvoir acheter ce que j'aime.
這裡買衣服很方便。	Il est très pratique d'acheter des vétêments ici.

關鍵字

動詞 **pouvoir** 的條件式現在時變位

je pourrais	nous pourrions
tu pourrais	vous pourriez
il (elle) pourrait	ils (elles) pourraient

求醫

296.mp3

您怎麼了？	Qu'est-ce que vous avez?
我沒有一點兒食慾。	Je n'ai aucun appétit. 類 Je n'ai pas d'appétit ces jours-ci. 最近我沒什麼食慾。
您失眠嗎？	Vous souffrez d'insomnie? 承 Oui, et j'ai les oreilles qui sonnent. 是，我還伴有耳鳴。
你這樣有多久了？	Depuis combien de temps?
從上個周末開始的。	Depuis la fin de la semaine dernière. 類 Depuis hier soir. 從昨晚開始的。
您的臉色不太好。	Vous avez une mauvaise mine. 承 Je me sens très fatigué. 我感到很累。
我覺得難受。	Je me sens mal.
我覺得身體不舒服。	Je ne me sens pas bien.
我背痛、頭疼，全身都痛。	J'ai mal au dos, à la tête, partout. 類 J'ai mal à toutes les articulations. 我全身關節疼。
我渾身無力。	Je suis languissant. 類 J'ai des courbatures partout. 我渾身發疲。

297.mp3

我感到非常疲憊。	Je me sens très las. 類 J'ai des lassitudes dans tout le corps. 我渾身沒勁。
我老流鼻涕。	J'ai le nez qui coule.
我鼻子不通氣。	J'ai le nez bouché.
我着涼了，嗓子疼。	J'ai pris froid, et j'ai mal à la gorge.
我一直感到發冷並且咳嗽得厲害。	J'ai froid dans tout le corps et je tousse beaucoup. 類 Je m'étouffe et je n'ai plus de souffle. 我感到胸悶氣短。
您量體溫了嗎？	Avez-vous pris votre température? 承 Oui, je viens de le faire. Ma température est de 38.5°. 剛量，38.5 度。
請您把舌頭伸出來。	Tirez votre langue, s'il vous plaît.
您嗓子腫了。	Vous avez la gorge toute rouge.
我怎麼了，大夫？	Qu'est-ce que j'ai, docteur?
您得的是流感。	Vous avez attrapé la grippe. avez attrapé 是 attraper 的複合過去時結構，表示動作已經完成。
大熱天裡還感冒嗎？	On est enrhumé par un temps si chaud? 承 Oui, on risque d'être enrhumé en toute saison. 是的，任何季節裡都會患感冒。
我給你開三天的藥。	Je vous fais une ordonnance pour trois jours.
不用打針嗎？	Je n'ai pas besoin de faire une piqûre?

298.mp3

我必須住院嗎？	Dois-je être hospitalisé? 承 Il vaut mieux que vous soyez hospitalisé pour guérir vite. 你最好住院，這樣好得快。
我肚子疼，還噁心。	J'ai mal au ventre et j'ai des nausées. 承 Qu'est-ce que vous avez pris? 您吃什麼東西了？ Rien de spécial. 沒吃什麼特別的。
請您化驗一下。	Vous devez faire faire des analyses.
您食物中毒了。	Vous avez une intoxication alimentaire.
您有點消化不良。	Vous avez une indigestion. 類 Vous n'avez pas bien suivi le régime. 你吃得不合適了。
您得了胃腸炎。	Vous avez une gastro-entérite.
我胃痛得受不了了。	Je souffre une douleur à l'estomac.
我的胃還是那麼痛，一點沒有緩解。	J'ai encore très mal à l'estomac, les cachets n'atténuent pas la douleur du tout.
我的胃怎麼回事啊？	Qu'est-ce qu'il y a dans mon estomac?
疼痛減輕點了嗎？	Vos souffrances se sont atténuées? se sont atténuées 是代動詞 s'attenuer 複合過去時結構，所有的代動詞在複合時態中，要用 être 做助動詞。
您的情況很特殊。	Votre situation est spéciale.
一般情況下，用了這些藥應該有效果的。	Normalement, il y aurait dû avoir des résultats avec ces médicaments.

299.mp3

好像您患了闌尾炎。這兒疼嗎？	C'est peut être une crise d'appendicite. Avez-vous mal ici? 承 Oui, je souffre de plus en plus. 疼。越來越疼了。
您得的是急性闌尾炎，必須馬上手術。	C'est une crise d'appendicite aiguë, il faut vous opérer d'urgence.
您量過血壓嗎？	Avez-vous pris votre tension? 承 Non, je trouve qu'elle est normale. 沒有，我覺得我的血壓正常。
我覺得您血壓有問題。	Je crois qu'il y a quelque chose d'anormal.
我給您量一下。	Je vous prends votre tension.
您的血壓太高了。	Vous avez une hypertension. 反 Vous avez une hypotension. 你的血壓太低了。
您血壓這麼高，很危險。	Vous risquez d'avoir une tension trop élevée.
您必須吃藥治療。	Il vous faut prendre des médicaments.
你哪兒疼？	Où as-tu mal?
我右胳膊抬不起來了。	Je ne peux plus lever le bras droit.
需要住院治療。	Il faut l'hospitaliser.
去辦手續吧。	Veuillez remplir ces formalités avant.

關鍵字

得流感 attraper la grippe	減輕 s'attenuer
送進醫院 hospitaliser	受痛苦 souffrir
需要 avoir besoin de	動手術 opérer

求助與報警

300.mp3

請原諒，夫人。	Excusez-moi, Madame. 類 Excusez-moi, Monsieur. 先生，打擾一下。
我把包放在的士裡了，怎麼辦呢？	J'ai oublié le sac dans un taxi, comment faire?
您可以去失物招領處問問。	Vous pouvez aller demander aux Objets Trouvés.
我能不能借用一下您的手機？	Je peux vous emprunter votre portable pour téléphoner?
請幫我給急救中心打電話。	Aidez-moi à appeler le centre de secours s'il vous plaît.
抓小偷！	Au voleur! 類 Au feu! 着火了！
抓住那個傢伙！	Arrêtez cet homme-là!
救命！來人幫幫我！	Au secours! Aidez-moi!
您好，警察局嗎？	Allô, la préfecture de police?
我要報警。	Je veux avertir la police.
警察局在哪裡？	Où se trouve le commissariat?

301.mp3

我來報盜竊案。	Je viens signaler un vol. viens 是動詞 venir 的直陳式現在時變位，在此句中不是助動詞，不要和 venir de + 不定式混淆。
您丟什麼東西了？	Qu'est-ce que vous avez perdu?
我的錢包丟了。	Mon porte-monnaie a été volé.
那些壞蛋搶走了我的照相機。	Ces malfaisants ont volé ma caméra.
有人在地鐵裡割了我的包。	On a éventré mon sac.
我的護照丟了。	J'ai perdu mon passeport. 承 Pour le passeport, vous devez prendre contact avec votre ambassade. 護照的事您得跟貴國大使館聯繫。
我的包被偷了。	Mon sac a été dérobé. a été dérobé 是動詞 dérober 的被動態的複合過去時結構。
包裡有些什麼東西？	Qu'est-ce qu'il y a dedans? 承 Porte-monnaie, cartes bancaires, carte d'identité et billet d'avion. 錢包、銀行卡、身份證，還有飛機票。
您的位置在哪裡？	Où vous trouvez-vous?
請把房間號告訴我們，我們馬上就到。	Dites-nous le numéro de chambre, nous arrivons bientôt.

關鍵字

怎樣 comment
失物招領處 les Objets Trouvés
打電話 appeler
警察 la police
在哪兒 Où
遺失 perdu（perdre的過去分詞）

失物招領

302.mp3

請問有人送來一個包沒有？	Quelqu'un a apporté un sac ici? 承 De quelle couleur? 什麼顏色的？ Noir. 黑色的。
包裡面都有什麼東西？	Qu'est-ce qu'il y a dedans? 承 Porte-monnaie, passeport, cartes bancaires, et encore des clés. 錢包、護照、銀行卡，還有鑰匙。
詳細描述一下您的包是什麼樣子的？	Pouvez-vous expliquer en détail la forme de votre sac?
您的錢包裡面有多少錢？	Combien d'argent y a-t-il dans votre porte-monnaie?
有幾張銀行卡？	Combien de cartes bancaires y a-t-il?
是哪家銀行的卡？	De quelle banque?
這是您的包嗎？	C'est votre sac? 承 Oui, c'est à moi. Je vous en remercie. 是我的，太謝謝您了。
您得謝謝那位出租司機，他剛才送來的。	Vous devez remercier ce chauffeur-là, il vient de l'apporter.
我找到我的包了，太高興了。	Je suis très contente d'avoir retrouvé mon sac. avoir retrouvé 是 retrouver 的不定式過去時的結構，在句中做形容詞補語。

303.mp3

對不起，我是來尋找鑰匙的。	Excusez-moi, je viens chercher mes clefs. 承 Décrivez la forme de vos clés s'il vous plaît. 您描述一下樣子吧。
我沒有找到我的鑰匙，謝謝您的幫忙。	Je n'ai pas trouvé mes clés. Je vous remercie de votre aide.
先生，有沒有人送來一個公事包？	Monsieur, personne n'a apporté un attaché-case? 承 Quand? 什麼時候？ Aujourd'hui. 今天。
很抱歉，今天上午沒有人送來公事包。	Désolé, on n'a apporté aucun attaché-case aujourd'hui.
那怎麼辦呢？	Qu'est-ce que je dois faire? 承 Ne vous inquiétez pas, réfléchissez bien. 您別着急，好好想一想。
您最好再仔細想一想。	Il vous vaut mieux réfléchir plus soigneusement.
你好好回憶一下去過哪裡，做過什麼。	Rappelez-vous bien où vous êtes allée, ce que vous avez fait aujourd'hui.
您冷靜點，我想您會找到的。	Soyez calme, je suis sûr que vous allez le retrouver.
祝您有好運氣。	Je vous souhaite bonne chance.

關鍵字

形狀 la forme
司機 chauffeur
何時 quand
小錢包 porte-monnaie
感謝 remercier
公事包 un attaché-case

做客

304.mp3

您好，親愛的朋友！請進。	Bonjour, chère amie! Entrez, s'il vous plaît.
別站着，快坐下。	Ne restez pas debout, asseyez-vous!
我給您帶了一束鮮花，希望您喜歡。	Je vous apporte un bouquet de fleurs, j'espère que vous l'aimez. 承 Merci, quelles belles fleurs! 謝謝，這些花真漂亮。
這是我給您的禮物，我從中國帶來的。	J'ai un cadeau pour vous, il vient de Chine.
是一件中國的工藝品。	C'est un ouvrage artistique de la Chine. 承 Merci beaucoup! Je l'adore! 太謝謝你了。我非常喜歡。
您家房子真大。	Vous avez une grande maison.
您去過中國嗎？	Vous êtes déjà allée en Chine? 承 Non, pas encore. 我還沒有。
您來中國時一定要到我家做客啊。	Quand vous irez en Chine, vous devez absolument venir chez moi. irez 是 aller 的簡單將來時變位，表示將要發生的動作。
您一定得喝香檳，這是專為您開的。	Servez-vous du champagne, il est offert spécialement en votre honneur.
為健康乾杯！	A votre santé!

305.mp3

菜合您的口味嗎？	Est-ce que ces plats vous conviennent? 承 Oui, ils sont délicieux. 非常可口。
您嘗嘗這道菜，這是我的拿手菜。	Servez-vous de ce plat, c'est ma spécialité. 承 Vous êtes un véritable cordon-bleu! 您的手藝非同尋常。
每道菜都很好吃。	Ces plats sont tous très délicieux.
您平時吃什麼？	Qu'est-ce que vous prenez d'ordinaire?
早晨吃羊角麵包，喝咖啡。	Pour le petit déjeuner, on prend des croissants, avec du café.
午飯在附近的速食店裡吃一塊三文治。	Pour le déjeuner, on prend un sandwich dans un snack tout près.
晚餐我們吃得比較豐富，都是很有營養的食物。	Le dîner est plus copieux, on prend des aliments très nutritifs.
已經很晚了，我得告辭了。	C'est déjà tard, je dois vous laisser.
我已經佔了您太多的時間，該走了。	J'ai déjà trop abusé de votre temps, il faut que je parte. 承 Alors je ne vous retiens plus. 那我就不留你了。 il faut que引出的從句中，謂語必須是虛擬式。
謝謝你的盛情款待。	Un grand merci pour votre aimable accueil.

關鍵字

動詞 partir 的直陳式現在時變位

je pars	nous partons
tu pars	vous partez
il (elle) part	ils (elles) partent

語法 10：直陳式現在時的動詞變位（二）

第 3 組動詞的直陳式現在時：

第 3 組動詞是不規則動詞，一般歸納為四種類型。

- 第一組為以 -ir 結尾的動詞，如 partir, ouvrir 等，其變位是由下列詞尾構成，如 –s, -s, -t, -ons, -ez, -ent 或 -e, -es, -e, -ons, -ez, -ent。
  partir: je pars, tu pars, il(elle) part, nous partons, vous partez, ils(elles) partent
  ouvrir: j'ouvre, tu ouvres, il(elle) ouvre, nous ouvrons, vous ouvrez, ils(elles) ouvrent

- 第二組為 -oir 結尾的動詞，如 voir, pouvoir 等，其變位是由下列詞尾構成，如 -s, -s, -t, -ons, -ez, -ent 或 -x, -x, -t, -ons, -ez, -ent。
  voir: je vois, tu vois, il(elle) voit, nous voyons, vous voyez, ils(elles) voient
  pouvoir: je peux, tu peux, il(elle) peut, nous pouvons, vous pouvez, ils(elles) peuvent

- 第三組為 -re 結尾的動詞，如 prendre, rendre 等，其變位是由下列詞尾構成，如 –s, -s, -t, -ons, -ez, -ent。
  rendre: je rends, tu rends, il(elle) rend, nous rendons, vous rendez, ils(elles) rendent
  prendre: je prends, tu prends, il(elle) prend, nous prenons, vous prenez, ils(elles) prennent

- 第四組為 -er 結尾的不規則動詞 aller 和 envoyer。
  aller: je vais, tu vas, il(elle) va, nous allons, vous allez, ils(elles) vont
  envoyer: j'envoie, tu envoies, il(elle) envoie, nous envoyons, vus envoyez, ils(elles) envoient

附錄 Index

附錄一：法語常用動詞變位表　307.mp3

avoir 有	être 是	faire 做
j'ai	je suis	je fais
tu as	tu es	tu fais
il a	il est	il fait
nous avons	nous sommes	nous faisons
vous avez	vous êtes	vous faites
ils ont	ils sont	ils font

pouvoir 能，能夠	vouloir 想要	savoir 知道
je peux	je veux	je sais
tu peux	tu veux	tu sais
il peut	il veut	il sait
nous pouvons	nous voulons	nous savons
vous pouvez	vous voulez	vous savez
ils peuvent	ils veulent	ils savent

parler 説話	dire 説，講	
je parle	je dis	
tu parles	tu dis	
il parle	il dit	
nous parlons	nous disons	
vous parlez	vous dites	
ils parlent	ils disent	

308.mp3

finir 結束	entendre 聽見	aller 去
je finis tu finis il finit nous finissons vous finissez ils finissent	j'entends tu entends il entend nous entendons vous entendez ils entendent	je vais tu vas il va nous allons vous allez ils vont

partir 出發	prendre 拿、取、吃	aimer 喜愛
je pars tu pars il part nous partons vous partez ils partent	je prends tu prends il prend nous prenons vous prenez ils prennent	j'aime tu aimes il aime nous aimons vous aimez ils aiment

écrire 寫	étudier 學習	acheter 購買
j'écris tu écris il écrit nous écrivons vous écrivez ils écrivent	j'étudie tu étudies il étudie nous étudions vous étudiez ils étudient	j'achète tu achètes il achète nous achetons vous achetez ils achètent

manger 吃		
je mange tu manges il mange nous mangeons vous mangez ils mangent		

309.mp3

voir 看見	regarder 看，瞧	dormir 睡，睡覺
je vois	je regarde	je dors
tu vois	tu regardes	tu dors
il voit	il regarde	Il dort
nous voyons	nous regardons	nous dormons
vous voyez	vous regardez	vous dormez
ils voient	ils regardent	ils dorment

sortir 出去	entrer 進入	arriver 到達
je sors	j'entre	j'arrive
tu sors	tu entres	tu arrives
il sort	il entre	il arrive
nous sortons	nous entrons	nous arrivons
vous sortez	vous entrez	vous arrivez
ils sortent	ils entrent	ils arrivent

venir 來	rentrer 回來	se lever 起身
je viens	je rentre	je me lève
tu viens	tu rentres	tu te lèves
il vient	il rentre	il se lève
nous venons	nous rentrons	nous nous levons
vous venez	vous rentrez	vous vous levez
ils viennent	ils rentrent	ils se lèvent

se laver 洗		
je me lave		
tu te laves		
Il se lave		
Nous nous lavons		
vous vous lavez		
ils se lavent		

附錄二：法語動詞的語式及時態的構成

直陳式

現在時的構成	以動詞變位來表示時態。動詞分為三組：第一組動詞為以 -er 結尾的的動詞（除 aller），如 parler。第二組動詞為以 -ir 結尾的部分動詞，如 finir。第三組動詞為不規則動詞，如 avoir, être, aller, pouvoir 等。（請查閱法語動詞變位語。）
複合過去時的構成	助動詞 avoir 或 être（直陳式現在時）＋過去分詞。
未完成過去時的構成	去掉現在時第一人稱複數的詞尾 -ons，另加詞尾 -ais，-ais，-ait，-ions，-iez，-aient 構成。
簡單過去時的構成	動詞分為三組。第一組是全部以 -er 結尾的動詞，包括 aller。第二組是以 -ir 結尾的部分動詞。第三組是其他不規則動詞 avoir, être, vouloir, venir 等。（請查閱法語動詞變位語。）
先過去時的構成	助動詞 avoir 或 être（直陳式簡單過去時）＋過去分詞。
愈過去時的構成	助動詞 avoir 或 être（直陳式未完成過去時）＋過去分詞。
最近過去時的構成	助動詞 venir（直陳式現在時）de ＋動詞不定式。
過去最近過去時的構成	助動詞 venir（直陳式未完成過去時）＋ de ＋動詞不定式。
最近將來時的構成	助動詞 aller（直陳式現在時）＋動詞不定式。
過去最近將來時的構成	助動詞 aller（直陳式未完成過去時）＋動詞不定式。
簡單將來時的構成	在動詞不定式後面加下列詞尾 -ai, -as, -a, -ons, -ez, -ont 構成，但以 -re 結尾的動詞，先去掉詞尾的 e，然後再加上述詞尾。有幾個例外。（請查閱法語動詞變位語。）
過去將來時的構成	由簡單將來時的詞根加詞尾 -ais, -ais, -ait, -ions, -iez, -aient 構成。

先將來時的構成	助動詞 avoir 或 être（直陳式簡單將來時）＋過去分詞。
過去先將來時的構成	助動詞 avoir 或 être（直陳式過去將來時）＋過去分詞。

命令式

現在時的構成	由動詞直陳式現在時去掉主語構成。只有第二人稱單、複數和第一人稱複數。
過去時的構成	助動詞 avoir 或 être（命令式現在時）＋過去分詞。

不定式

現在時的構成	用原有動詞形式，沒有變位。
不定式過去時的構成	avoir 或 être 的不定式＋過去分詞。

分詞式

現在分詞的構成	由直陳式現在時第一人稱複數去掉詞尾 -ons，另加 -ant 構成。
過去分詞構成	第一組動詞：去掉詞尾 -er 加 é。第二組動詞：去掉詞尾 -ir 加 i。第三組動詞大量的過去分詞是不規則的，它的詞尾分別由 -i, -is, -t, -u 構成。
複合過去分詞的構成	avoir 或 être（現在分詞）＋過去分詞。

條件式

條件式現在時構成	直陳式簡單將來時的詞根加詞尾 -ais，-ais，-ait，-ions，-iez，-aient 構成。
條件式過去時構成	助動詞 avoir 或 être（條件式現在時）＋過去分詞。

虛擬式

虛擬式現在時的構成	一般去掉直陳式現在時第三人稱複數的詞尾 ent，另加詞尾 -e，-es，e-，ions-，iez-，ent。有例外。（請查閱法語動詞變位語。）
虛擬式過去時的構成	助動詞 avoir 或 être（虛擬式現在時）＋過去分詞。

自學法語：實況溝通 80 篇

編著
鄭貞愛

講讀
TONG Jean-Thomas

編輯
吳春暉

美術設計
YU Cheung

排版
何秋雲

出版者
萬里機構出版有限公司
香港鰂魚涌英皇道1065號東達中心1305室
電話：2564 7511
傳真：2565 5539
電郵：info@wanlibk.com
網址：http://www.wanlibk.com
http://www.facebook.com/wanlibk

發行者
香港聯合書刊物流有限公司
香港新界大埔汀麗路36號
中華商務印刷大廈3字樓
電話：2150 2100
傳真：2407 3062
電郵：info@suplogistics.com.hk

承印者
創藝印刷有限公司

出版日期
二零一八年九月第一次印刷

Published in Hong Kong.

ISBN 978-962-14-6829-1